诗
想
者

H I P O E M

生 活 ， 还 有 诗

归向哪里，可以问草

GUI XIANG NALI,
KEYI WEN CAO

耿 翔 著

GUANGXI NORMAL UNIVERSITY PRESS
广西师范大学出版社
· 桂林 ·

特约策划/ 刘　春
责任编辑/ 郭　静
助理编辑/ 覃伟清
责任技编/ 王增元
封面设计/ 桂　裴

图书在版编目（CIP）数据

归向哪里，可以问草 / 耿翔著. —桂林：广西师范大学出版社，2022.10

ISBN 978-7-5598-5286-1

Ⅰ. ①归… Ⅱ. ①耿… Ⅲ. ①诗集－中国－当代 Ⅳ. ①I227

中国版本图书馆 CIP 数据核字（2022）第 152732 号

广西师范大学出版社出版发行
（广西桂林市五里店路 9 号　邮政编码：541004
网址：http://www.bbtpress.com）
出版人：黄轩庄
全国新华书店经销
广西广大印务有限责任公司印刷
（桂林市临桂区秧塘工业园西城大道北侧广西师范大学出版社集团有限公司创意产业园内　邮政编码：541199）
开本：880 mm × 1 230 mm　1/32
印张：9.25　　字数：180 千
2022 年 10 月第 1 版　　2022 年 10 月第 1 次印刷
定价：72.00 元

序　诗

我身体的，土地
一直等待，开春后的一场风
很狂野，也很疼痛地吹过来

无边无际，这些年
飘落下来的雪，是一场
少有的风景，也是一场少有的灾难
一直积攒着，成为身体里的稀有元素
没有人知道，一匹冻死的马
要用多大的疼痛，才能咽下
最后一口气。而身上的血
河流一样，还和冰凌
死死纠缠着

能被大风，彻底吹醒
我已经长久地，活过一世
人间的气息，被犁铧划破万物的种子
只有沾带上，一匹马的血迹
才能呼啸着，落入泥土

我听见的风，正从我的

心脏里刮过

我身体的，土地

只要等来这场风，就不会在

生死之间，很疼痛地纠缠我

目 录

打出铁一样的戏词

活在戏里

带上一身的病痛，她们
听进心里的戏，都是药

都是一剂，让一个乡间
抹掉泪水，不再疼痛失眠的药
台下木桩一样，坐在人神难分的戏里
看见自己的身世，眼睛里的爱怜
突然赶走了，眼睛里的怨恨
而头顶上，天空的戏幕
才为人间拉开

都是一群，乡间女人
她们走过的地方，被提前装进布景里
戏文如符咒，角色是活着的自己
一年之中，能歇在这些戏里
细看一回，自己原来的样子
往后的生活，就是刀子

掉在身上，也不会害怕

活在戏里，是她们在乡间
带上病痛，要生活的态度

打出铁一样的戏词

安静得像庙里，不会走动
也不说话的神。装满眼睛和耳朵
还是那些听老一生，听得骨头
只剩下疼痛的，戏词

坐在板凳上，星空稀疏
也没有他们荒凉的，头顶稀疏
一些手，苍老地抓住另一些手
像抓住揪心的，戏词

天地入梦，被乡戏在夜晚
吞没了的村子，还醒在戏里
他们老得不能打铁了，也想
打出铁一样的，戏词

今夜的神，不在戏里

这些还能走动的人，就是心里
有戏的神。他们腐朽着的
身骨，刻满不朽的戏词

看见乡愁

很多戏，都在行路中发生
他们看见了，像看见乡愁

山河袈裟，行路的人
背着一身苦力。一阵风撕烂农历上的神
拥挤在天空，麻雀被切碎的叫声
只传递饥饿，不会缝制
一件戏衣。也是这片山河的
剧情简单，没有生出虎口崖
而让他们，在行路时
翻转身上的，苦戏

戏在路上，从来不会
发生在他们之中。就像这些
多占土地的花，很少戴在种地人的头上
孤独如戏里的仆人，回到一千年

也是照看，才子佳人行路
或宿店的角色。看戏的人
暗恨自己，不在戏里

不在他们身上，上演的戏
悲悲切切，是他们的乡愁

戏里江山

戏里江山，再辽阔
装在舞台上，也就是几幅布景
戏里掉根针，庙里的神祇
都能听见

庙前有路，庙后
有风吹草动的田野，不需要起义
一场乡戏，能把民间的
江山，一夜颠倒

演戏的人，还挣扎在
复仇的痛快里，穿越剧情
神祇走出庙外，想请更高处的

神祇，也来看戏

夜色深重，一座庙里
千年江山，携带万年风雨
正从演戏人的，眼角眉梢上
落下一滴，炸裂的泪

逝去的他们

顶着雪白的，月光
赶来看戏的，不止活着的人
隐在灯光的深处，还有一些
闲神野鬼

只有落在，脸上的夜色
还能依稀记住，他们曾经是谁家的亲人
躺在黑暗的泥土里，有太多的时间
腐朽身体，也有太多的牵挂
需要起身，回到浑浊的人间
风吹田野，许多人恍惚中
从戏里，一眼看见
逝去的他们

其实，他们乘风回家
也乘风进入，上演到高潮的戏里
而能静坐下来听戏，是从背影里认出了
活着的晚辈。他们脑后的
千万根发丝，会向逝者梳理
今夜想要，看到的脸谱
面向夜空，人和神
同在一台戏中

只有落幕的，一阵锣声
能用黄铜的分量，提醒看戏的人
这一场苦戏，演到结局
该分手了

寂寞的庙

锁在庙里，乡土上
你见不到走动的神，人的影子
也少得可怜

只有带着响器的戏班
能把乡间，一年之中的寂寞打破

庙里的关公，甩袖提袍让出坐冷的神位
点亮一村人，跪拜过的铜灯
迎接从凌乱的，山水深处
赶来的人，他们很像被自己
刨出来的土豆，满脸皱褶
坐在神的，地方听戏

挤在庙外的人，一脸苍茫
像遇到雷雨前的乌云，不能用愤怒赶走
这个时候，爱情在很少爱情的
乡土上凄美，复仇在死记
复仇的乡土上，却很残忍
那场抢亲的戏，看得乡下男人
一时痛快，看得女人
一世伤心

被神空守，乡土上
你不知道这些寂寞的庙
有一些日子，也很热闹

心里的戏没散

一场苦戏，让天空落下细雨

也让台下的女人，心里涌出比细雨
更细的哭泣

这个时候，你的手上
抹着你的泪水，也抹着身边
比你还命苦的，看戏人的泪水
翻烂活过的日子，每一页都有女人的血
被年轻时的，生育吸干
失去血的滋养，身体就像
病了的土地

坐在台下，哭泣着看完
一场苦戏，抵得上你吃过的那么多中药
女人身上，泛滥的生育造成了
一生的悲喜。蒂落风中
送出神的花朵，只能留下
人的丑陋，也只能
托戏里的人，诉说凄苦

戏散了，你心里的戏没散
拥有的幸福也很短暂，看看走过
身边的女人，都一样

人间黑白

人间苦难，扔下锄头的人
看见麦子，把天地割黄了

打开夜色，看见那么多表情
替人间藏下清白，也替山河遮掩破碎
如果能给自己，戴上一副神鬼的
脸谱，唱念他们的咒语
模拟他们的手势，让没扔下
锄头的人，转身听见
天地压在，心上的哭泣

那些最初，扔下锄头的人
站在乡戏里，像浑身带有巫术的角色
他们的声音，更像扎进心里的
一根钢针。看戏人恍惚的灵魂
早被穿破夜色的，眼神
勾引得出窍。刮过田野
大风，吼上戏台

吼得苍天，隐藏在墨色深处
借来云朵，也难写人间黑白

戏里的残月

看戏的人，看不见庙檐上
挂着戏里的残月，更看不见山坡上
也挂着，戏里的残月

挂在山坡上，戏里的残月
比挂在庙檐上的还瘦，山野之风
再寂寞，也不去打扰

被它照见，几座老坟上
荒芜多年的野草里，像有一些熟悉的
影子，向庙里张望

悲欢在戏台上，惊动
天上人间的时候，这些在地下
寂寞的人，也走了出来

走不回村庄，走不进
庙里的热闹，就靠在身边的丝柏下
隔河听听，人间的声音

戏里的残月，倾尽剩余的力气

在山河最贫贱的一角，把热闹
寂寞，照进今夜的戏里

点燃一炉香

今夜，为封箱前的演出
向天向地，点燃一炉香

沉浸在乡戏里，一座庙
就是一炉香，是台上台下的女人
粉身碎骨在戏里，为自己点燃的一炉香
这个时候，用上所有的响器
敲打自己，心里的疼痛
也有铜的灿烂。引来云鹤的
一缕香气里，留下许多
陪伴生死的，剧情

这一炉香，不会轻易
在看戏人的身上散去，香气熏染的戏词
缭绕在田野上，也不失人间芳华
这个时候，神灵与人
最好在乡戏里暂别，打马回到

各自的世界，留一些戏里
戏外的清静，给人间

被乡戏点燃，台上台下的
女人，你们谁不是一炉香

独自体谅，时间里的瘦

梳妆过的词语

山野很静，静得一些词语
也在书页里，对照一面青山的样子
梳妆自己

我的身边，也有飞鸟
带着从山野里，啄食来的词语
想把垒在时光的灰旧里，被风雨吹打后
只剩下满眼土色的，鸟巢
重新修饰一遍。飞过来的青山
追着它们的翅膀，很想聆听
这个时候，神会在人间
歌唱什么

我不如头顶的，飞鸟
可以把很静的山野，随风收放在自己的
羽毛之下。读着那些从草木身上
滴落下来的词语，我在山野

嫩绿的地方，不敢落脚
而看见远处，一抹神赐的黛绿
为了山野，我会顿生
为它赴死的念头

山野很静，静得我翻不开
一页读着的书。那些对照青山
梳妆过的词语，也不肯露面

叫魂的虫子

那些死去的人，都变成了
一个个虫子，为陷入夜里的村子
一生不安地，叫魂

叫魂的虫子，守着
夜里的村子，让拥抱庄稼站立着的田野
像被一个很熟的人，用怀念刺痛
一种天荒，地老的仪式
正在大地，有人睡着的地方
苍凉地上演。不需要天空
睁开眼睛，能看见的

都挣扎在地上

我的挣扎，在我
封闭已久的心里，夜里听见
叫魂的虫子，我会赴死一样地打开门窗
我会跟着，虫子的声音
在村子夜游，甚至沿着
一些亲人走过的路，在那些地名
生锈了的田野上，枕着
风声，安静地睡去

我听见有一只虫子，学习
一个人的声音，给我叫魂

我爱过的事物

我爱过的事物，多数
被很瘦的时间，扔在我把它们
用旧的地方

我把它们，扔在哪里
哪里的天空，就会云朵一样

保持着大地的清静，也保持着万物之间
那份少有的怜惜。谁能有机会
哪怕用祭祀，死者的方式
打破它们的沉寂，就请谁
以恩人的身份，领走
我的余生

我能藏下，那些啃啮
身体的所有疼痛，向你饱含时光的情义
诉说那些，我爱过的事物
它们在旧有的大地上，怎么死去
在我劈开，自己的心里
又怎么活着？而用旧了它们
是我一生，活得自然
自得的时候

面对它们，我有很多致敬
我也有很多害怕，就是说不出
山河，会否也被用旧

独自体谅，时间里的瘦

穿过乡村，寂静的时刻

站在土地上，庄稼很瘦

很多年前，我也是这样
站在一个人的土地上，比起那些从头顶
安慰世界的光芒，大地显得更瘦
我的目光，被卡在一棵高粱
吐穗的地方，我能看到的
天空，正在褪去一脸
殷红的血丝，蓝到深处
没有云朵，能带走
天气的不安

而比起我，清瘦的样子
天空之下，山水更瘦一些
瘦到没有一丝空气，不曾被万物呼吸过
就像我，站在生死未卜的大地上
用过的东西，都会多少带着
清瘦之气，最终被时间
吸收吐纳。只是我不愿
说出被白云，动过的
天空，也很瘦

时至今日，接近众神的疼痛

我才独自体谅，时间里的瘦

不朽

一个死去的人，是一个从此
可以在大地上，歇下来的人

很多时候，我们带着
活人的眼泪，在他放下身子的地方
把他哭成，一些在风里
流连世间的草木

不是我们，放不下他
是他那么些年，活在世上的样子
让我们看见了，很多年后
自己，应有的情景

人不是，大地上的麦子
生死也不是，大地上收种的事
神收种麦子，是年年岁岁
神收种我们，却只有一次

因此，一个死去的人

也会惊动，一片他走累了的山河
在亲人悲恸的，哭声之外
如果有风雨，也会送行

一个死去的人，他要向泥土
把那两个没用的，汉字放下

看一个女孩画画

时间带走一些人
也会带来一些人

今日谷雨，时间
带来一场，敲打屋瓦的雨水
也带来，在树梢上
敲打我心的，鸟声

那个在屋瓦下，画着
自己的小女孩，也是时间
敲打着谷雨的，节奏
带给我的，布谷鸟

她不是怕惊动，那些

在山野里，埋头种棉的人
才给落在纸上的，布谷鸟
画上了脚镣

她想让时间带来的
不要再被时间带走

麦子，又扎下狂雪之根

大地无言，黄金一样的
麦子，带走大地的语言

这也是麦子，用自己的
一次死亡，给活在地上的人
腾出新的泥土，让他们接续遍野的神力
去播种更多的粮食。这个时候的天空
多有闪电，劈开拥挤的云朵
多有白雨，落入干涸的大地
吃着麦子，开始服侍
其他庄稼的人，头顶一年的
大暑，等着天凉

活在地上，不能收了

一季黄灿灿的麦子，就让大地多余出来
更不能让风雨，吹来一些闲花野草
抚摸日子。每一块泥土上
都有神力所至，每一种粮食里
都有神力所至。落草乡野
为生命掌灯，很多庄稼
可以替节气，守到
大雪落下

麦子无言，黄金一样的
麦子，又扎下狂雪之根

听到送葬的音乐

有一种疼痛，会铺天盖地
会沿着日光，刺痛到邻里

那是一个人，死了
所能引起的疼痛，在乡下
一个村子的天空，也跟着他的死亡塌了
那些日子，能看到的山川河流
田野庄稼，都像带有

一种悲哀

也许因此，一村活着的人
相信死了的他，会去哪里

只有在疼痛，接近
天色至暗的某个时刻，听到送葬的音乐
大地上的万物，才从他带来的
刻骨的疼痛里，灵醒过来
才知道死亡，过了丧期
不会留下什么

那个死了的人，其实随着
送葬的音乐，去地下腐朽

野草

我在书里，读了多年的
野草，陪我走到田野上

田野荒了，有那么多
招摇的野草，沿着遍地庄稼退走的路线

收回它们和麦子，争抢过的土地
我的疑惑是，那些年里
付出那么多，被人服侍过的
土地，不打粮食
如今让给，无人经管的
野草，就长疯了

这些通着，人性的野草
知道有些土地，就是闲在那里
也不能任性收回。一条一村人不分远近
不记恩仇，也要走过去的路
伸向墓地。在野草
侵占了的人间，这是唯一
可供一村人，干净地
接回祖先的路

或许，起意这条路的野草
被祭祀的脚步，年年踩死

一个幸福的人

让我告诉你：一个幸福的人

是人到中年，能有一片土地
还可以去守护

你若得到了，那里
就是上天赐予你的粮仓，一个人在上边
自由地放马，自在地收种
天下吃穿之事，只要放在土地上
都不是事情。借着白云
清净的日子里，路过的神灵
也想开口，向你讨要
这样的生活

夜里坐在，星光之下
那是人神，也是天空和大地
围拢你于中央，听取一片蛙声的好时间
村庄的百步之外，长守着一群
开村的祖先，他们与你
血缘深浅，都不影响梦里
带着原始的，乡约
找你，按下手印

生之有悔，我在年轻时候
很不懂得，一个幸福的人
而逃离了土地

曾是一个，好看过的女人

村北的墓地

紧邻墓地，那些在风里
摇曳着的庄稼，代表不了我
想和躺在地下的，你们说话

有好些年，只要经过
村北的墓地，你们能刻上碑石的名字
每一个念出来，都气腾山河
而更多的死者，带着祖上的姓氏
让荒草淹没。躺在你们中间
富人很少，穷人很多
一位乡绅，可能和一位
有前科的人，坟墓
挨着坟墓

村北的墓地，因此让人
看着发怵，也让死亡失去了贵贱之分
而自从我的母亲，带着一生的

病体，走到你们中间
我每一次经过，都像从自家院里
自由轻松地进出。我的母亲
还像活在村上时，那样
对待你们

这个时候，再大的风
也堵不住我的嘴：村北的墓地
也是乡村里，不会消失的院子

曾是一个，好看过的女人

正午的阳光下，万物坐着
万物让我，一眼看见世上的
那些金黄

正午的阳光下
她也坐着，她也活在世上
但我看见的她，和风整天看见的她一样
开始萎缩的身上，没有一丝
金黄可言，也没有年轻时留下的
脸上的好看。只有生育

反复从黄昏，或黎明的
血色里，带走她

带走她，就像山洪
从山体最柔软松散的部分，带走泥石流
她在很多时候，用低头不语
怀念走在，她前边的亲人
身体里的大小骨头，已经弯曲得
没有地方，可以弯曲
抓了一生的手，正在一段
微风里松开

正午的阳光下，她坐着告诉
世上的人：她在乡下，曾是一个
好看过的女人

一片乡间，失去了知觉

被时间野蛮地，压缩在这片
乡间的身上，烟雾越来越浓

一直住在烟雾里

我们之所以活着，就像为了给各种疾病
提供一些完整的器官。那些在身边
大量吞噬着，煤块的石灰窑
砖窑和大棚，它们带着
野蛮的火，也借着我们的
气管呼吸

一直住在烟雾里
我们活得，比这些污染到乡间
像给大小事物，穿上一件脏衣裳的烟雾
还要扭曲自己。埋藏在土地和我们
破败的身上，再好的种子
也失去发芽的，一份情绪
我们头顶上的，天空
像块抹布

烟雾起处，我们身边的
一片乡间，失去了知觉

割谷子的人

皮肤又黑又红，弯曲着

贴在又黄又亮的谷子地里，整个身体
像从大地跳出来，又刺痛大地的
一幅剪纸

割谷子的人，像被太阳
用衰败的光芒，粗暴地焊接在大地之上
一个正午，和土地纠缠得你死我活
身体里的肌腱，在身体里隆起
一把生铁，打出来的镰刀
握在手里，很不够分量
藏在远山里，那些晚熟的谷子
也祈祷季节，慢下来

如果看见，那些展开手脚
大面积倒在，一堆谷捆上的人
不要跟随吹过谷穗的风，试图唤醒他们
这个时候，只有太阳从空中
发现它锻打了，一年的铁
就是这些，割谷子的人
他们暂停在，谷地的铁砧上翻滚
他们身体里的火，还不到
熄灭的时候

直到他们醒来，大地抽去

身上太多的火，天气也开始变得发凉
他们亏空了，一年的身体
等待一碗，小米滋养

盐的味道

每一个擦身而过的人，你们带来的
人间的味道，被风及时闻见

那是盐的味道
那是太阳底下，万物掩饰不住的味道
那也是种地人身上，腐蚀过的土地
生出麦香的味道。烟灰色的
天空下，你们带着
盐的味道，一直走在山河
苦涩的身边

空气也带着
你们身上的味道，抵抗流进雨水里的
更多的咸味。一条呜咽过的河流
因接纳下，过多的盐晶
要在你们的身体里，悍然爆裂

一件贴身的，衣裳
懂得开出，怎样的花朵
才能弥补，缺失的灿烂

每一个擦身而过的人，你们带来的
人间的味道，被风及时咽下

泛滥为乡愁

无法咽下你，只需看上一眼
一地野菜，在我粗野的心里
泛滥为乡愁

一地野菜，看见你
我已经放下的，这一片乡间
突然生硬地，穿着铁一样的山河袈裟
冷清寂静地站着，心里没有幽怨
从我的衣着里，长久地
消失，又从一地野菜的
清白里回来

那些守着，一地野菜

简单生活的乡亲，我们已是隔着泥土
在两个世界里，轻易地放下了
彼此的人。我疼在夜半的
心里，我要打开
为一地无土，栽培的
野菜打开

而看见你，我所有的心血
泛滥为乡愁，也像烙铁画
烙在你身上

你本来就是完整的

你人烟稀少，我想丢下
我看见的现场，带着后来
一定会被你审判的风险，火速逃离

我看见，那些死活
被种过的地里，人和庄稼一样稀少
农药的味道，腐蚀着山河固有的底色
也腐蚀着，你身体里完整
且又清贫的器官。一座被人畜

爬得高大的山，也被采石场
拦腰采空，从而失去
大地上的完整

我的回来，也许打破了
你被长时间麻醉后，从切肤的疼痛里
生长出来的寂静。你的体力衰败
你的气色黯淡，你能记起的
一些花朵，也是带病开着
那座被我，住得很简朴的房子
成了雨夜，可以遇见
祖先的鬼屋

你本来就是完整的
一场持续多年的，进城运动
带来的整体遗弃，使你破败

给一位乡村诗人

带着舌尖上的语言，你对那个
乡村的孤独诉说，被我听见

语言就像味觉

就像你身上，最能标志出
你的价值的东西，被我在身临其境中
听得心惊肉跳，并从中听出
你带来的，那些好声音
它在哪里发出来？又在哪些人
强悍的身体上，把他们的世界
抒发得一听就懂

你的语言，从你的舌尖上
为你的乡村，隔离出一块非虚构地带
它的大小山河，不管怎么定义
都像你身体上的，某一个器官
熟悉又陌生，带着很多
神的植物，生长神的粮食
我在你的现实里，看见
你的大地，比你生动

语言就像味觉，就像你带来的
那个乡村，一听就是你的乡村

抵抗孤独的方式

活在乡村里，女人的孤独

是挪不动自己的庄稼，在山坡上看见
天空时的孤独

她们的一生，复杂也简单
就像身怀的土地，只为生育庄稼
拖着比村前的那座山，还要沉重的身子
能被豁免疼痛，住进她们心里的人
不会太多。那些用泥土
捏出精神的神，如果看见了
一定会被请进来

很少有人，占领的心里
就在生育之外，抹去人世间太多的色彩
让位给只看见泥身的，神去占领
这是一种，抵抗孤独的方式
我的心里，因此发冷
也因此，在我没有宗教的
词典里，郑重补上
宗教一词

这样的女人，已经跟随着
她们活过的乡村，在今天的大地上
像一滴泪，随风飘散

最原始的需求

就像我念念不忘，那个人啊
就像一只羊，念念不忘草地

其实，都无关家国大事
也可以被揶揄成，生活中的一地鸡毛
可我们还是，为了积压在心中的
一点疼痛，不惜粉身碎骨
在大地上奔波。就像
为了找到，一个能说得上
几句土话的人，我们反身
回到乡间

大地之上，我们怀抱着
最原始的需求，在某一个人
极简的心里，安静地放下自己的一切
我们身上，不落大雨
也不出彩虹。被一坡草地
俘获了的羊，它们已经不在
不清洁的人间走动，神在天空
剪着云朵的，羊毛

为了心中，最原始的需求
我们有时候，会冒着生死

他们啊，像给土地挂号

姓氏如花

包括我的母亲，已经活到
没有什么，可隐藏的年龄

但姓氏，那个从土城东边
带到西边的姓氏，却贴心开成了
隐藏在身体里的花朵。只有上辈子的人
回头看不见了，可以唤上两声
而能听见的，多是从身边
刮过来的风，或死亡了的
一些庄稼

她们的姓氏
只在一纸沉重得，无法再次
盛开的婚书里。中间为太多的事件枯萎
也为身边，一些不幸离去的亲人
一次次谢落。而能剩下的
一些残枝败叶，等待一块

石头复原

包括我的母亲，姓氏如花
只能在墓碑上，最后盛开

他们啊，像给土地挂号

带着一身的病，和乡村里
一身的痛，他们来到西安

他们是我，远在乡下的
一些穷亲戚，身体里有多少病
土地会一清二楚。而我难得一见的他们
没有不带着，被重金属腐蚀过的
要害器官，反复向医生诉说
吃的，是乡村里的粮食
喝的，是乡村里的水

他们身上的，高血压
让我和西安的血压，在这个冬天里猛升
也让医生，不知道开些什么药
才能从这些身体里，给我们

生活着的土地，排出毒素
他们的可怜，是病了
才来到西安

在西安，带着一身的病
他们啊，像给土地挂号

没有女人们沉重

耗尽清晨的，一片鸟声
马坊的山水，挑在男人的肩上
像两只沉重的，木桶

女人们，也不会空着
压伤夜晚的肩，走进装满痛苦的山水里
再好看的身子，也抵挡不住
土地的折磨。那些在山坡上
一夜碎成，野花的日子
让我看见，一生怀抱着
马坊，只有女人

只有女人，敢把自己

埋名在一座，被男人荒芜掉了的村庄里
在身体最好的时候，一个人
种地生育，在身体最坏的
时候，一个人生病吃药
直至苦涩地，坐在
男人的家谱里

耗尽清晨的，一片鸟声
马坊的山水，挑在男人的肩上
也没有女人们，沉重

生育带来的疼痛

众神，敬仰你
万物，顶礼膜拜你
人间，却伤害你

生育我们的，多是
一些贫贱的女人。活在马坊
那些白如暗夜的日子里，谁也不能忘记
生命中，还有很高贵的事
不是春天不来，花朵不开

也不是，泪水干了
不再接生哭声

而我看到，马坊
在让女人们，舍生忘死
没能活够女人的年代里，生育大地上的
衰败，也生育大地上的不朽
能过早地回到地下，看平静躺着的
她们，我就知道哪些疼痛
正在腐化，哪些疼痛
还在折磨死去的身体

只有生育，带来的
疼痛，永远藏在身体里
死亡也赶不走

逆光里的老屋

看见老屋，站在逆光里
比看见活着的父亲，还让我难受
扎进喉咙，一根麦芒
不让我说话

逆光让老屋，轮廓沉重
也让我面目全非。一个人活不过
他的建筑，那就让孤独
为这些遗物背书

站在逆光里，那把死守
老屋的铜锁，显示出人间的生气
我的目光，一刻也不放过它
我想有人，会推门而出

如果是父亲，突然推开
逆光里的老屋，放下伤心的身子
我会像从前，坐在他旁边
陪伴老屋，一起老去

一起，把逆光里的老屋
从黯淡下去的背景上，抢救出来
细心抚摸，他在一砖
一瓦上面，留下的温度

我要找的人

都停留在，马坊的

旧年里，包括身上的衣服和头上的围巾
都是一个样子，一种颜色

在他们身边成长
一个冬天，都像凡·高
画过的吃土豆的人，谁也不会守着炉火
集体的土地上，一股野菜的味道
吹在风里，比什么都浓
这个时候，土地可以歇
种地的人，不能歇

他们中的很多人，命运真的不好
没有赶上，能够换身衣服或围巾的日子
就撇下我们走了。只能从梦里
捕捉他们，就是踩着一块
很好看的云，从头顶上
带着牵挂走过，也还是
先前的样子

而活到今天的，身上光亮了
头上也光亮了，但土豆和野菜喂养出的
神情，是换不掉的底色

寂寞的村庄

墙上的土屑，像从每一位
老人的头皮上掉下来。没有雪的冬天
土屑就是，一场大雪

寂寞的村庄，这些土屑
在墙上守得太沉闷了，没有蝴蝶的翅膀
带来田野上的气息，也没有
活着的人的呼吸。用粉笔在墙上
画过简笔画的男孩，徘徊在
城市的马路上，也不想
回来看看，这些埋在
烟灰里的童年

最后的寂寞，全部留给
一些接近死亡的人。他们不爱抬头看天
低头走路，是村上的铁匠们
从劳动的角度，打造出土地
原来的姿势。让他们
守着村庄，你看到的
都让你难过

墙上的土屑，有一天掉光了
他们也就走了。大雪也会寂寞地
带上村庄，彻底消失

告别一天的仪式

一生愿意，放下自己的
大地，不是被山脉野蛮地
阻挡，就是被河流
任意切割

在马坊，我读不懂
已经把自己，平铺在万物之下
死活也要给予劳动者，坡度舒缓的大地
它的身边，突然高起来的
那些山脉，是给庄稼
立下的界碑，还是暗示众神
不要住在地上
就住在天空

这个时候，我看见的人
多背对着山脉，在劳动结束后的田野上

习惯性地，寻找一些顶着野花的
黄土堆。以手遮目
望得云朵，大块地落了下来
大地之上，这种告别
不会被山脉，强行终止

大地之上，万物
可以随时生，也可以随时死
只有顶着，野花的黄土堆
比那些山脉，还高

装不下一朵花

挨着一朵野花，坐着的人
她的心里，已没有了自己

她的心里，所有被记住
或者盛开的花朵，早已从她的皮肤上
凋零或死亡。她的双手
剪开过十里桃花，却在一朵
窗花上，像一只老去的
蝴蝶，怎么扇动翅膀

也飞不动

她的心里，装着风水
装着事情，也装着当年
一群生育旺盛的女人，被风从十里八乡
吹到马坊。最后剩下她
孤独地看着她们，在风里
哭泣，也在风里散去
如果她承认，身边的野花
就是她们，一生留给
大地的样子

挨着一朵野花，坐着的人
她的心里，装不下一朵花

爱的宫殿

谁冷落了，这些偏远乡村里
带着原始，走进窑洞的爱情

一头银饰，把身边的山水打尽
把土地里，从远古埋藏下来的金属打尽

只在一片，有限的江山里

盛装一个女人，一天的日子

那时候，爱情开在

母亲身上，也是一朵

凄美之花

那时候，一场嫁娶

会惊动一片乡村，远山近水也穿戴一新

黄亮的青铜之器，在男女心上

也在鬼神心上，反复吹打

生命的欢快。这些窑洞

在那一天，就是一座

爱的宫殿

在乡村，这些再破的

窑洞，也会与爱有关

很多事，像一种仪式

亲切的神灵

村子亮了，又是谁
打开我们，和一群家禽相处在
一天里的生活

这一天，我们从山水
相依的村子里，要呼吸多少空气
要喝下多少水，要吃去多少
新鲜、干净的粮食
这些东西，神灵给土地
也给身边的，河流
早有交代

在黑暗中，我们能递给
神灵的东西，不是很多

我们在村子，可以插脚
也可以跪下的地方，用一堆黄泥

把我们熟悉，且敬仰的人
塑造出来。年节里
那些满带祈愿者，从神灵的
领地进出，像在自己
世俗的家里

村子亮了，是守了
一夜的神灵，把我们在一天里
最需要的食物，准备好了

谷种

只要到了季节，谷种
不会安静地，歇在我们身旁的
瓦罐里

只有一种冲动
天空亮了，带着瓦罐
也捂不住的，那些埋藏在身体里
足足等待了，一年的热力
一把谷种，被风
接到准备，生育的

泥土里

大地，突然被谷种占满

大地，突然因谷种颤抖

种下去的谷种

在一场雨中，从虫子

藏身的泥土里，取走了一些雨水

黑暗挡不住，地上的风

晾在远处的，山谷

都喊谷子，为自己裁剪出

一身衣裳

这个时候，谷子的生长

神也压不住，能让它枯萎的

是另一个季节

在土墙上发现了我

我在一堵，被风雨

毁掉了屋顶，剩下的土墙上

发现了我

脸色发旧，从一张

烟火淡去，尘土乘虚而入的

相片里，我一直保持着过去的样子

这么些年，躲在这张

破碎不堪的相片上，我衣不遮体

虫子的蛀蚀，沙子的磨洗

在我身上，马坊

被一一做旧

在我身上，马坊

只剩下一堵，没有倒在

时间深处的土墙。那些不在相片里

早已死在，地上的人

想起他们，我会祈求狂野的风

从土墙上，吹出一些位置

让他们带着，一世的

灵魂，站进来

我在一堵，土墙上

发现了我，也发现在相片上

原来的色彩，不肯显示

很多事，像一种仪式

在乡村，剩下的旧事物
遗落在手上，已经不多

天黑了，从田野上
能身体完整地，退出来的人
也不是很多。我穿着
被天空的虚土，加重了一些分量的
棉袄，走回村子
预防零碎的雪，带着
病痛，落在身上

那些离开，我的人
带着在世上，落下的一身残疾
聚在气氛，很冷的天上
怀揣忧伤，不再从我手里
分走一些粮食

活在一年，一次的
祭祀里，我只需在他们
尚留人间，最终会被风吹走的坟上
压张薄纸，如果有泪

风雨会，替我挥洒
那些寄生在，村边的野兽
也带着失望，逃走了

遗落到现在，很多人
很多事，像一种仪式

有些声音

割在我们，很有些
棱角的脸上，不是戴着庄稼的
面具，刮过田野的风

有些声音，不是脆弱的
身体，就能拒绝得了
天地暗了，一些人会出现在我们身边
她们凌乱的头发，撕扯着风
在村庄旋转。她们的膝下
是厚薄不一的，夜色
包不住的哭声

在乡下，这样无依无靠的人

是我们每天，看得见的自己

有些声音，又从她们
失去疼痛的哭声里，取走我
一直冷冻在身上，像被瓷片割出来的
那些伤心。没有在乡村
生活过的人，不知道比风
还凌厉的，是一些人
哭出来的声音

那是一把，扎心的刀子
在我们身后的风里，突然飞出来
割在，回头者的脸上

邻居之间

一墙之隔，烟火升起的
时候，邻居们息息相通

有些时候，骂声
也会带着一块，生硬的砖头
从天而降，那些在院子里啄食的

动物，代替自己的主人
常常被邻居，袭击得
鸡飞狗跳

而当对方，出了
不幸的家事，那些比起上房揭瓦
还可怕的缠斗，烟消云散
抹一把脸，放下仇恨
相亲相爱，还是
邻居为重

被地上的土墙，高低隔开
头上却顶，一块一样的天

挂在树上的青枣

藏在风，吹动着的
叶子中间，我能带来的
一颗枣子的，表面
又冷又硬

也是我带给，高山的

一些可以，收回血本的表面
这么孤寂的山坡上，带着一身
护符一样的，枣刺
我能生长出来的，果实
都面带青色

也面带，风的冷冽
石头的硬度，像一个人躺在山顶
可以大声哭泣，大声喘气
却不给云朵，解开心怀
释放成熟，无法
回收的疼痛

青色褪去，大片荒草
成了我的坟墓，树上的枝头
都空着，没有一朵
祭我的云

她身上的药味

此刻的大地上，只剩下一双
一贯微弱地，照亮我的目光

村庄隐去，从她单薄的
靠在木门的身上，我又放下
一些伤感。在逐渐明亮的
山野里，我又取走
她的一些黑发

在她抱病，生下我的身上
能不朽地带走的爱，都像被文火
熬过时间的，中药

背对着村庄，在她身体
暗淡的山水里，我越走越远
身后有积雪，也有
她的目光，每次出门
好像带走，她的温暖

泥土闻到了，她身上的药味
泥土很早地，替我收下了她

植物人

世上的浮事，让你

能走动的时候，无法从内心
赶上一些，静止的植物

等你除过呼吸，把自己
全部附体在，一种植物的状态里
悲伤，有多巨大
你根本不知道。虫子一样地
偶尔蠕动，成了一线
宰割亲人的，奢望

天地带着疼痛，缓慢运行
你带着亲人，让生活僵硬

也带着，静止的身体
涣散在植物，深处的黑暗
让无法阻挡的残损，一天天带走
尚存在亲人，眼睛里的
那潭绝望，又无力
泛起的死水

你在植物的，状态里
为浮躁的世上，演示着死亡
如何缓慢地，解除悲伤

村庄的遭遇

像土地穿着的，那件衣裳
被今年的风，又一次吹烂

破烂的房子，让吹过
门窗里的风，也有了陈旧的味道
歪写在墙上，那些越看越
丑陋的字，不知道写下他的人
遗笔掉点地，给风丢下
一部残缺不全的
乡土读本

我的伤感，它又夺走
存在于心，一些比起房子
还要长久的东西。那是我跟在
一个人身后，温暖
成长的过程。放在房子里
不多的食物，每一种
都像供品

村庄的遭遇，让我和她
不止被一层，黄土隔开

官司草的汁液，流得更浓

在身体里重逢

死亡在死亡着的，乡村里
轻如鸿毛，也十分潦草

没有一个人，可以因为
一场不幸的死亡，让一个村子从心里
跪下自己。死亡是死亡者的事
疼痛，也总有人咽下
就像那些云，不会从天上
带着乡村，最需要的雨水落下
转过身，都是手里
有活路忙着的人

只有等到，某些片刻
他们从一些人，很隐晦的脸上看到了
他们的先人，还保留下来的样子
手里的大小事情，会被做得
不再潦草。躺在死去多年的人

种过的地里，想起死亡
不是一件，轻松的事情

有一天，我们也会和其中的
一些人，在身体里重逢

官司草的汁液，流得更浓

去掉草字，你就是缠住
我的乡村的一场官司

你有那么多别名
有人叫你车前，有人叫你当道
也有人把你扔进牛棚里，叫你牛舌草
也有人绕着你走，一生种着土地
最怕因地畔，和邻里打起
那些判不清的，官司
在野草堆里成长，我也害怕
被这种草，缠住身

走出乡村，我才想起
这草名叫得好邪，它让一堆理不清的

民间的草，成了很多人的梦魇
我的那些，踩着官司草
却害怕官司的乡亲，有谁经得起
一场官司，没黑没白地折磨
看见吃了，官司的人
官司草，只能缠住大地

听见乡亲们，喊着冤屈
官司草的汁液，流得更浓

背上的盐粒

他们并不高大的后背
坚硬地告诉我，有一种闪光的东西
一直藏在那里

种地人的背上
放不放下一座山，并不重要
只要看见，一件样子宽大的土布衣衫
穿过身上的汗水，有铁打的感觉
这就够了。如果脱下来
风会吹动，背上的盐粒

一颗接着一颗，骨头里的疼痛
也被吹到地上

背上的盐粒，开得再好看
也像疼痛中的花朵，带着大地的不幸
沿着他们身体的毛边，不停地战栗
这个时候，风会吹动
我的舌尖，腌在一层盐粒里
他们的背上，藏着神的粮食
在生长过程中，也不能
少了的东西

浩浩汤汤，背上的盐粒
把他们从土地，变成废料的一角
开始带到，拒绝汗味的城里

像下了半夜的雨

乡村的万物，选择在睁着
黑色眼睛的，黑夜里聚会

这个时候，我们也选择

月亮不在天上，选择大山藏在麦垛后
选择一个人，正从草坡上走下来
而被衣袖，轻拂过的地方
虫子的叫声，像下了半夜的雨
我们白天，能看到的
那一片山河，此刻只在
呼吸里存在

像下了半夜的雨
我们在山河里，呼吸到麦子
乘着黑夜灌浆的气息，也呼吸到一些
最熟悉的人，留在泥土里的气息
如果能看见，那些卸妆
从地下走来的人，抱住夜晚的
乡村，很像被平原
剪疼了，也剪不断的影子

有一半事情，在黑夜里
发生的时候，万物安静

厚厚的黄泥

粘在种地人的，鞋底上

离开田野，被带到乡上

厚厚的黄泥，让劣质水泥
打出的乡上，显得更加土气
从田野走出来，都是赶着露水的种地人
鞋底上的黄泥，和挖出来的野菜
一样新鲜。只是去乡上的路
也太长了，黄泥里带着的
那些生物，在路上
就开始腐烂

这些被作务得，让风一吹
就会变老的田野，很难让守着大棚的人
新鲜地带进乡上。而带进来的
黄泥这么多，田野因此
不会瘦削，乡上因此
在黄泥中，守着一街卖农具
也卖家电的商铺，等到
撤乡并镇

厚厚的黄泥，被种地人带到
同样的地方，只是换了名字

村里的土路

踩在上面，像陷进云里
很柔软，却很难迈开步

昨天的一场大雨
翻山越岭，带着很多情绪
来到被人畜居住得，十分衰老的村里
一夜过后，那些惊魂未定的窑洞
守在山坡上，样子更加破败
跟着炊烟，升得曲折的天空
拨开云朵，断续照着村里
起身，走出来的人

只是被大雨，浸泡了一夜
村里的土路，软得像一堆没骨气的云
扶不住这些，急着要下地的人
在这样的路上，走久了
心里也有了，扒不开的泥泞
看见高铁，从他们种过的地里
风一样开过去，自己陷在
泥泞里，很不是滋味

干脆坐在，被大雨
泡软了的土路上，让云朵
把自己带走

脚印

顶着云朵，往上生长着的
不是庄稼，可能是一座山

那些说庄稼顶着云朵
生长的人，是第一次看见庄稼和云朵
被自己的眼睛，瞬间欺骗了的人
他们不会想到，这些生长着
庄稼的山河，是被脚印
覆盖着的山河，那些被耕种得
很遥远的年代，也被埋进
泥土里的脚印，踩成
泥土的文明

在一粒种子，侵蚀
泥土的过程中，种地人看见的
都是头顶脚印，向天空生长着的庄稼

这会让他们，和走得很远的祖先
有可能突然重逢。很黑的夜晚
庄稼头顶着，天空的重量
让先前的人，看见美丽的
大脚，留下的脚印

头顶着云朵，山长成了大山
头顶着脚印，庄稼长得很低

一个人的死亡

让一村人，悲伤着进入
一个人的死亡，现在是一件
很难的事情

一个人的死亡
在很多年前，不敢说惊动山河
绝对是一件，让一个村子扶住高墙低瓦
一起悲伤的事情。所有人的哭声
死者若能听到，一定很熟悉
也一定走得，不那么恓惶
来年坟上，能长出的

青草，也含笑

而让村子，突然看见
一个不在记忆里的人，有一天带着自己
死亡后的身体，逃回多年前
逃离过的土地，那些心里有泪的人
也很难掉下来。我的厚待
世事的乡亲，面对这样的
死亡，我不想让你们
集体悲伤

也不让你们，为此负罪
因为收留，这些死亡者的泥土
一直在你们身边

我想唤醒

有野草的味道，有庄稼的味道
也有牲口，从不一样的毛色里
掉下来的味道

这些浸在，乡间的味道

集合在种地人身上，就是山水的味道
就是国画大师，在隐秘的墨色里
也积不出的味道。被风吹在
活人的院子，死人的坟上
这样的味道，在一个
男人的身上，让没有新娘的
地方，有了新娘

这样的味道，却正在
寂静的乡间，带着往事丢失
也带着苍耳的心境，在有限的山水里
无限地丢失，席卷泥土的疼与痛
那些把色彩，交给
植物的神，站在花朵淡去的
原野上的，心事如山

这个时候，我想唤醒
那些在大地上，带着身上的味道
已经睡去的人

女人的头发

自从电吹风，走进了村里

女人的头发，样式就多了

那些简洁的，贴着额头
带着些水光，风不会轻易吹乱的发式
被带电的电吹风，粗暴地吹起来
吹起来，很像高粱头顶着
散开的穗子，只要走过
有风的地里，被吹过的头发
像带着电，缠得风中的
草叶，也很难受

秋天来了，大地上的青草
被风吹黄，村里女人的头发
多数被配套不齐的电吹风，吹得焦黄
就像冬天里，晒得很干的麦草
梳子梳过去，一头的声音
很不好听，一头的
黑瀑布，再也回不到
她们的头上

而那些从地里起身，用双手
整理一下头发的，女人真好

铁一样冷，病危通知

暗红色的梅花

梅花开在枝上
梅花，也开在纸上

乡村的梅花
那些用生命，开出你的女人
羞于欣赏，自己身体里旺盛过的花事
梅花朵朵，每一朵都代表着
一个生命，要来到人间
或者流亡，而开在暗处的梅花
每一朵，都让乡村
疼痛入骨

乡村的梅花，枯萎在风中
枯萎在一张纸上，你只剩暗红色血迹
有时被一把，割麦的镰刀碰上
麦子也有了，一种疼痛
也有女人，把自己身体里的

那朵初梅，夹在一本

读过的书里，让它

守着黑夜开放

为我所开的，那朵梅花

不知被母亲，藏在哪里

活在一根野菜上

很多年后，我在离开

泥土的地方，看见同样离开

泥土的野菜，你们香味曲折

在我眼里，你们还保持着

乡村原来的样子，这些年的风吹雨打

让很多事物，在一夜之间老去

我能看见的，每一个人

每一块泥土，多带着现实的无奈

远在山坡上，你们逃过的

农药，没让你们生出

人间的病相

你们逃过的，农药
还在折磨着庄稼，你们嫩绿的样子
有时候能带来，一粒麦子藏下的暗香
不是我一个人，会从野菜身上
闻到难得，一见的乡村
一些死在，我们手上的野菜
很多年后，也在乡村
活了过来

很多年后，我通过你们
这些进城的野菜，曲折地看见
我的乡村，活在一根野菜上

铁一样冷，病危通知

种地人的血液里，也种进了
泥土里太多的重金属，打开他们身体中
那些活着还能动弹的部位，锈蚀
也像一朵野花

一朵让身体，开始枯萎的野花
也是一朵让大地，携带了很多病毒的野花

苍白地开在，平原上难逃污染的泥土里
风吹过来，风会带着愤怒
雨落下来，雨里有种地人剩余的伤感
这个时候，逃离是一只飞鸟的
最后选择，身上驮满了
夜色，却不知去向

而驱赶走了，遥远在
乡村的庄稼，一块被种地人
种进身体里的土地，也在我们身体的深处
摇摇晃晃。带着一身的重金属
翻到人间的伤痛，那些给我们带来
粮食的土地，多像一部
死亡之书，打开了
就很难合上

只有粮食知道，土地身上的重金属
种进种地人血液里，就像铁一样冷
病危通知，锈蚀了
也是一朵，死亡之花

最不重要的人

年龄让他们，活成乡村里

最不重要的人，山水转到他们身边
也要摇晃着，停下来

停下来的山水，很暗
暗到让他们黑白地看见，曾经走过的地方
到底有多大。模糊在陈年的旧景里
多是种地砍柴，喂马的地方
集市在镇上，跟着山水走一回
就像走过了，大半个世界
而记忆中的枪声，今天
多响在国外

他们和山水，都被抛弃在
中国的乡村，那些没有人动过心思的山水
长得再好，也只有风雨记住去敲打
就像他们，只有用一脸僵硬
慈善的笑，让每天黑下来
让不在身边的，亲人
想起他们，还活在乡村里
少些负罪感

而被一同抛弃的，山水
明天一定能醒来，却不代表

他们也能醒来

沉静的苦味

一根野菜，带着乡村
难得一见的心情，吃下去
却有一种，沉静的苦味

我是吃野菜，长大的人
我能带给城里的，也是一种沉静的苦味
它让我在很多时候，感到特别不幸
就像我不能，和一根野菜
同时进入，一位城里人的眼里
野菜的味道，散发在
我的身上，成了我
一生的负担

也成了，城里的异味
而一根野菜，它身上有那么多
沉重的苦味，城里人吃不出来
爱着乡下的野菜，却拒绝
野菜留在我们身上的味道。走在街巷里

我看见的野菜，像我生活中的样子
每天被拎在，城里人的
菜篮子里

野菜的味道，是城里人
穷追不舍的味道，却不是野菜
留在我身上的味道

麦田写真

半跪在麦田里，那些挥镰的人
很像沙漠中，一群赶路的骆驼

阳光从头顶，写下一封
麦子的遗书，是用来抵挡种子变异的
一把麦芒，刺黄大地废弃的边角
像另一种沙漠，风不来吹
雨水也不来袭，只等那些黑铁一样
手里提着，镰刀的人
准时出场

这个时候，只有活在

种子的记忆里，带着往年的伤感
如约死吻着镰刀的，那束很灵性的麦子
才认出谁来，收走它们
才想起他们像骆驼，一个夏天
跋涉麦田，可以不见一滴水
麦田，也用一块古铜
还原他们的肤色

从麦田里赶走他们，收割机
看见的麦田，真的成了
另一种沙漠

看电视的人

窗外太静，雪花不落
离开冷到眉梢的天空，雪花
落错了地方

落错地方的雪花，不冷
而很多事情，都被封冻在大地的冷漠里
能剩下来的，就是劈柴喂马
就是在落错地方的雪花里，无事捕捉

生活中的，另外一些细节
很多动作，随忽大忽小的雪花
把撕开伤口的，场景
从屋里，赶到屋外

屋外是一个冬天
没见过一场落雪的田野，几株遗失在
冻土里的玉米秆，像在城里
望风而逃的乡下人，他们回不来了
他们喂过的马，也失去了
走到地里的心情。一个屋子里
要装下这些，落错地方的
雪花，得有多大

很多时候，落错地方的
雪花，像每年清明烧过的纸
灰灰的，怎么又飞回来了

带着野菜进城

我说过，野菜这么多
我也说过，苦味这么多

在马坊，每一种野菜身上
都长满了，我们生活中的苦味
堆积在绿色里，你能一眼看破的田野
风很野蛮地，从一些茎叶上
带着尘土，一年四季地吹
也带着，只有我们才吃得出来的
野菜的苦味，很挣扎地
把乡村，吹进城里

我的乡村，带着野菜进城
就像我在当年，带着一身野菜的苦味
来到拒绝，乡土味道的城里
拥挤的菜市上，我看见很多野菜
带着乡村，才有的干净
也带着田野里，才有的风气
只是沉淀在，身上的苦味
被城里人，忽略了

我看见，进了城的野菜
它们的心情，比我当年好

月光下有一条长路

这不是茨维塔耶娃

邀来的月光，以此留给里尔克的

那条长路

那条听不见月光的

漫漫长路，也被我遗弃在马坊

遗弃在一堆野菜上，竭力维护我的过去

它们身上，那些能为种地者

做证的绿色，被我挥霍得

所剩无几。在我无力

走回去的时候，月光下的野菜

喊出我爱你

月光下的野菜

走失这么多年，依然沿着寂静的长路

用一身野性，很干净地维护我

这个时候，我必须放弃

那些不属于，野菜的山河

一个人回到，月光下的

路上，听更寂静的

大山，死后喊我

让里尔克看见
也让茨维塔耶娃看见：月光下
有一条长路，在马坊长满野菜

不能忘记的名字

这些灵魂的，路标
从沉重的生活中，被自己移出
插在自己的，一块墓碑上

不能忘记的名字
和我一起，享有过一块天空
也享有过一块泥土。被他们拽着出生入死
有很长一段时间，给我带来人间的
幸福和灾难，他们因此脸上有光
也因此，悔恨终生
没有活够，今生在一起的
年龄，他们走了

他们走了，他们带着
自己灰暗的脸面走了。我在头顶的云朵里
再也找不到，非虚构生活中的情节

而寄存在大地上，只有这些

简单到让汉字，失去一切姿势的

名字，不管我爱他们

还是我恨他们，只能来到

这些名字的身边

会有一天，像他们一样

我从嘈杂的人间，也自己移出

自己的名字，来陪伴他们

多数植物，归隐了中药

父亲的胡须

逆着我们的身体，时间醒来
走进被自己遗忘后，只剩下一些
框架的年代

那是父亲的年代
他满脸的胡须，是他活着的时候
唯一不受任何约束，可以在自己面部
公开生长的东西。它的铁黑和浓密
荒诞地喻示着，他饥饿的
身体里，带有超越
饥饿的物质

那个年代，他的身上
如果还有，比骨头更硬的部分
那就是他满脸的，不受任何干扰的胡须
他用残余在，血液里的铁
只给我们留下，他满脸胡须的

一幅肖像，而那个年代的
山河大地上，万物荒芜
他的胡须，却不曾荒芜

醒来的时间，在我们身体
更年轻的那一段，帮助我们破译
父亲的胡须

多数植物，归隐了中药

大地种给，自己的植物
多数成了，我们的粮食

借用大地，我们也是上天
种下的植物。被什么时候粗心地种下
又种在哪里？不是生死相依的一片山河
说不清楚。所有盛开在
我们身上，约定过生死的花朵
注定要在我们身上
不朽或腐烂

风吹痛了，雨打痛了

多数植物，才会惊艳地献出身体里的伤痕
让大地不再看见苍白，也让我们
在花朵中看见日子，地上地下
植物比我们，懂得
陪伴生死

看见我们，身体里的病
多数植物，归隐了中药

父亲打造的马车

父亲打造的马车，一夜消失成
马车的遗物，而碾压过大地的木轮
试图在堆放静物一样的
地方滚动

离开田野，父亲打造的马车
身上不再沾带田野里的泥水。离开劳动
父亲打造的马车，不再是一件
装载一座村庄的农具。而离开神祇
捏在手里的粮食，父亲打造的
马车，在剩下的乡愁里

与父亲走失

父亲打造的马车，开始腐朽
它十分笨重的骨架，就是父亲自己
山河故人，谁终止了他在你们身边的滚动
风雨再大，也不再磨损
身上的一件卯榫，也不再装载
堆积在田野上，父亲的那些
喜悦和怨恨

被迫离开田野
父亲打造的马车，保存下来的样子
在父亲眼里，十分丑陋

粗粝的麦子风

我的语言里，至死吹拂着
粗粝的麦子风，它让离散多年的故乡
沿着庄稼的目光，在我心里
移动自己

很多时候，不是我看见

是站在田野上的那些庄稼，借用一个人
远在千里之外的，一双泪眼
看见了我。看见我头上的
一根白发，比她头上的一片雪
还让世界伤心。而粗粝的麦子风
这个时候，越过千山万水
会扑面而来

我从故乡，死活带出来的
那些东西，被我丢得差不多了
只有吹痛我浑身骨节的，粗粝的麦子风
还在我的口音里，行云流水般地
藏着。驻扎在我的语言里
借助遍地麦子，故乡
也有金黄的时候

粗粝的麦子风，至死带着你
我的身份，没有人认不出来

你的寂静

只要你躺下身子，坚硬的山坡

会临时授命，会有花朵盛开

这个时候，你看见的天空
被装饰成万千云朵的牧场，你看见的群山
深藏着冰川，也深藏着茶道上的马帮
只要你闭目，放下对一切事物的
纠缠和苦恋，大地上的河流
会从一群人伤痕累累的
身体里，为你流出

只要你倾听，一个人的声音
陪伴一个人，在山顶上轻如流云
世界正越过河流和群山，也坐在你的局部
像带有风雨的人。那些在山坡上
无忧无虑，低头吃草的羊
代表此刻，你的寂静

也代表你，此刻拥有的山坡
只有花朵，世界才会盛开

有一些星体

我从心中，取出诗句的时候

有一些星体，带着词语的光芒

为之震撼

藏在心中，这些只围绕

我血液里的诗句，昼夜运行自己的星体

熟悉我身上，积攒了多年的怨恨

它们来自民间，是一些人

对于吃饭，生病和上学的恐惧

他们的眼神，落在我的身上

不是破碎，而是炸裂

很多时候，我在他们

接近死亡的病相里，想一次清洗

那些被整体掩藏在民间，却让江山社稷

疼痛的真相。读着一位失地农民

捧在手上的诉状，我在心里

留给诗的那块泥土

也被打劫一空

运行在心中，被词语的光芒

打造出有棱角的星体，我还能从中

取出震撼，我的诗句吗

石头里的火

我看见火，带着一村人
残存的崇拜，从一块荒芜了草木的
石头里出来

石头里的火，是众神
聚集起来的疼痛，也是祖先
冷藏在血迹里的教训。没有惊天动地的
事件降临，石头用死亡
抢救下来的火，不会肤浅地
燃烧自己。而敲打身边的
石头，如敲打祖先
硬朗的骨头

如敲打我们，接近光明
和黑暗的目光，去触摸女人们从身体里
移动出生育过后，剩余下来的疼痛
这个时候，大地用地震
敲打山河，让我们看见
石头里的火，来自
石头的粉身碎骨

祖先从石头里，取出了火
我们从祖先，石头一样的身体里
取出了自己

对雨水的怀念

那些常年，挂在天上的雨水
留下云的瓦片，都去了哪里

卧在山坡上，我从羊群
望穿水草的目光里，读出人间的罪孽
开始转移到，一群羊的身上
雨水不来，大地上没有
挣扎出土的水草，而羊的嘴边
也只有风沙，不知怜悯地
吹走羊的祈祷

被雨水衬托着
在我们头顶，一直湿润的云
却干裂成天空的瓦片，我们苍茫的心里
也只剩下，一些可以用来
忏悔的文字，而由云朵挥洒的

雨水，哪怕只有一滴
也是云朵的眼泪

云朵的眼泪，干裂在云朵里
羊群的祈祷，干裂在雨水里

一座山

跪下，对于一座山
这是我一生，唯一会放弃
尊严之后，应有的态度

一座山，让我平铺在
田野上的目光，突然有了一座山的高度
看见土地的尽头，浪费空间地
站着一座山，我不再怀疑
这是大地的失误，也不再避开
山顶的积雪，而错过
雪水的洗礼

那些藏在，山体里的溪水
流向任何方向，都像带着一颗慈善的心

在万物干燥的身上，昼夜跳动
一座山，给离乡背井的人
搭一座茅棚，就可以藏下身子
也给了我一页，一边种豆
一边写诗的，石头的纸张

很多时候，不是一座山
藏在我的仰望里，而是我和我的
身体，藏在一座山里

父亲的遗物

父亲用死亡，换来的石碑
立在他一生受累的土地上

父亲的遗物，最多的
是穿旧日子，也穿旧自己的一堆衣服
在他身后，许多被抛在大火中
不知是否随他去了，而那些送给
舅父穿的，人和衣也都走远了
一个穷人，穿着另一个穷人
身上的衣服，我不知道

心里是暖，还是冷

而被我藏下，是一副带有铜架的
石头眼镜。我更不知道
他活着的时候，在什么样的日子会戴它
自从我看见，它就像一副眼镜的
尸骨，躺在土红色盒子的
棺椁里，静物一样地
等待他的离去

父亲用死亡，命名下的遗物
留在人间，也只有一副眼镜

我们念过的几本书

羊的降生

一只羊，带着子宫里
血的味道，降生草地

风从远方吹来
麦芒一样，刺痛降生者的叫声
四只蹄子，还在羊水淋湿的草地上打滑
就被时间，吹向一条羊肠小道
路过山坡的人，甩掉怀中的物件
带着一脸惊恐，看风蚕食
它皮毛上的体液，看风带走
它皮毛上的温度

在野外降生，羊的门
被天空逆光打开。谁让草地布满不安
谁让生殖之神出没，也让黄昏赶来
而它的乳齿，能咀嚼到的草叶上
也有子宫里，深埋的味道

站立一旁，生下它的

羊啊，浑身血腥

这个时候，我从天边

赶来云朵，壮大羊群

我的泪水

在母亲的，眼眶里

一直打转，我的泪水

我的泪水，是活着的

母亲，在一个人的夜晚

能看见的唯一的亮光。她寒冷的身体里

住着她多年的疾病，也住着

她的不幸。五月的麦田里

一把麦芒，会疼痛放飞

一只云雀

安慰多病的，母亲

很多时候，我只有揪心藏下

我身体里的不安，让它在黑夜里传递出

一双真正看见过，死亡的眼睛
有泪，会不会轻易汹涌
会不会轻易，把死者的
背影打湿

在母亲的，眼眶里
我的泪水，漫过山河

从一片瓦上消失

我看见云朵，还有炊烟
它们快意恩仇的样子，也像在
一片瓦上，垂死挣扎

瓦是马坊的，一件衣裳
被风穿在，每座屋子的身上
也穿在那些，坐在屋檐下听风人的身上
夹杂在他们，一生苦闷的中间
我的苍老，不受时间约束
而过早地，把自己交给
一片瓦，让风在空中
敲打，我不踏实

云朵和炊烟，在瓦上飘摇
我不能像它们，只有坐在屋檐下听风
有时听出，一场丧乱一样的
大雨，把身边的庄稼
彻底毁灭。有时听出一场
罕见的大雪，把一年不多的
好日子，掠夺一空

马坊，从一片瓦上
破碎消失的马坊，云朵和炊烟
不知道今后，在哪里挣扎

我们念过的几本书

一个村子，找不到几本书
也找不到，几个念书的人

我上的小学，设在村中
一座祠堂里。屋顶高大
我们矮小，矮小到从窗口爬进来的
乡野之光，全在头顶晃动
还有很多鞭影，跟着一些

死也记不住的汉字
时刻，落在手上

在祠堂里读书
我们像在，祖先的死亡里成长
有多少汉字，还在一本残缺的书里
很生地躺着。等到过年了
我们身上，有一件新衣
我们的书本，也成了
一面土墙的新衣

一个村子，被我们念过的
几本书，最后都糊在墙上

白与黑

白与黑，在你悲欣交集的
地带，我们没样子地活着

活得像一片灰
一片天空一样的灰，一片土地
一样的灰。生和死压迫在我们身上

不会慷慨，丢下云朵的白
也不会绝情地，塞满
子夜的黑。被我们穿戴过
世界的样子，加上颜色
都很简单

落在我们头顶
再干净的雨水，也只能染出一片灰
土地上，我们把大片的草木
疯狂地烧成灰，是为了催生
庄稼的成长。而最后躺在
泥土里腐朽的，还是我们
一身的骨殖，化成上帝
手里的一层灰

白与黑，只有埋在心里
我们活得，才不会很灰

在声音里挣扎

世界怀有的，那些好声音
和坏声音，你都听不见

听不见，就让耳朵
在你被冷风吹拂的长发边上，休息下来
世界不好不坏，而能想象出的
流血的声音，一根骨头
断在胸间的声音，也许比我们
能听见时，带来的疼痛更多
传递在空气里，好声音
和坏声音，没有
不被污染

你拼着命，倾听的眼神
很想告诉我，在声音里怎么挣扎
那些让我哭泣的文字，也断言你只听见
一个人的心脏，贴着你的身体
跳动了十个月。一手抚胸
是你多年，为了重复体验
那个声音，而保持
下来的样子

在一个人的身体里，你听见的
心脏跳动的声音，没有被污染

没有孤独感

院子很小，住过的人
应该有很多代了，而我看见的
只有父亲这辈人

我一生的，伤感
是没见过比父亲，高出一个辈分的亲人
他们的身影，会让夜里的屋顶
发出一些，年久失修的
叹息。一片黄泥土墙
像他们留下的家书。我睡不着
就把裹在，黄泥里的麦秸
读成文字

从地里回来，我的身上
总有庄稼，带不走的一些力气
就一头扎进，被很多代人住过的院子里
那棵遮蔽，半个村子的老槐树
结痂的身上，藏有他们的手印
院子上空，急着飘来的云朵
一定看见了，最初
住在这里的人

院子很小，住过的人
让一直守在这里的父亲，临终
也没有孤独感

生死疲劳

能点燃我，死后的怀念
兀立马坊，只有一棵树

一棵深埋在
泥土的破败里，不能移动
自己的树，你可以用一半的死亡
去从天空里删除，屈辱的文字
也可以用另一半，拖住一个人
不忍离去，又越来越小的
背影。你要用生长
留下他

站在你们，生死
茫茫的中间，我从一幕悲剧里
转场到另一幕悲剧。疼痛让我看见
岁月的风声，无情地吹出

他一生的僵硬。这个时候
我想起暮色里，和你守夜
他很安详

生死疲劳，是我在马坊
对于万物，留下的印象

马坊的记忆

身上的灰暗和寒冷
让我咬碎牙，也只能吐出
这些文字

很多时候，活在马坊的人
一半被雨水，打湿在路上
一半被大雪，封杀在死亡后的山河里
那时我还小，不懂得用身体
抵挡世界。守在灰烬旁
听见灰暗和寒冷，踏着刀锋
直逼我们来了

每年的大雪，沿着旧路

能准时找到，袭击马坊的风口
只是那些，忍受灰暗和寒冷的人
却很难见到。他们带走了神祇和炊烟
带走了合欢和哭泣，也带走了
一片山河的生动。只给赶来
没心看雪的人，留下
雪的死角

这个时候，我身上的
灰暗和寒冷，被封锁在
马坊的困惑里

一只临死的狗

一村的目光，都在一只
狗的身上，夹杂着血腥
剧烈地游动

苍天有泪，没有打湿
村西寂静的土地，却滴入一只老去的
狗的眼睛里。被按倒在
门前的土坎上，那只熟悉的手

握的，不是一块能吃的东西
是一把刀，一把能闻见
自己血味的刀

在乡村，一只活得
再老的狗，也不会自己死去
一张狗皮褥子，让握刀者
终于带着伤心出手。而缠绕他后半生的
悔恨，是低头看见了
这只在他手上，死去的狗
忍着疼痛，还舔它熟悉的
握刀的手

一村的目光，最后看见
狗不识刀，狗只识那只
喂养过它的手

逆着光，走下山顶的人

仰天向上的脸

很多时候，我能看见的乡村
是一些，仰天向上的脸

被这样的脸，感动着
我像从身边看见，安静在世上的神灵
一天的疲劳，拖着他们的身体
在夜色里沉浮。土地的深处
潜伏着，他们念下咒语
撒出手的种子

我知道，遮蔽万物的夜色
有意向我露出，他们身体中
最重要的部分

那是他们，赭石一样
不愿跟随土地，陷入黑暗之中的脸色
仰天向上，这个只做给神灵的

很正大的姿势，让没有落尽的

晚霞，在隐退了一切的

乡村，找到他们的脸

我能看见，天地之间的一点光亮

种子一样，落在他们的脸上

颜色发暗的纸币

在他们手上，这些纸币

就像皱皱巴巴的日子，被揉捏得

时刻发出，生活中的暗色

如果出手，就等于把

生活的大部分花掉了，也等于活在世上

又遭遇一件，躲不过去的大事

从他们手上，接过纸币的人

一眼看见，生活的难处

正在手上抖索。跳动在每张纸币上

他们的心，薄得像层

发暗的纸

握在他们手上，这些纸币
不仅颜色发暗，也会厚出许多
就像生活在他们心里，总是飘浮着一层
被风吹散的虚土。在种地人中间
流通久了，这些纸币的
正反两面，都是命运的藏匿者
都会开口，讲出他们
活着的真相

颜色发暗的纸币，带着
劳动者身上，也发出暗色的尘垢
在他们中间，小心地流通着

逆着光，走下山顶的人

逆着光，从起伏的山顶上
走下来的人，被村庄看见

逆着光，村庄看见
一块黑铁，正在山顶上晃动
有一个值得剪下来，留给神看的瞬间
是整座山，被背起来

像在空旷的村庄里，带领着人畜
载沉载浮。这个时候
没有事物，不逆着光显示
黑白里的轮廓

逆着光，从山顶上
走下来的人，被一块更加巨大的黑铁
淹没在山体里。头上多余的草帽
身上多余的衣服，都让山风
吹落在现场。这个时候
移动在羊肠小道，所有声音
像一块黑铁，压着
另一块黑铁

逆着光，走下山顶的人
把一块黑铁，砸向村庄

我看见过的眼神

像刀子一样冰，像火炭
一样烫，我看见过的眼神
我放不下

我看见过的眼神

像赶在六月，不该落下的一场大雪里

带着冷下来，更加刺目的血丝

一个人的死亡，会让一个人的

眼神，在她开始

黯下去的脸上，带着灰色

寂静地死去

这个时候，哭声

不在她的心里，泪水

也不在她，收敛下一场死亡的眼神里

夜色苍凉，压在她低着的头上

开始发灰。夜色也等待

天亮之后，一种被死亡遗弃的

东西，悍然出现在

她的眼神里

搜尽人间，所有的愁肠

最能代表，这种眼神的几个汉字

我找不到

阳光落在地上

阳光落在地上，阳光
让一棵死在，一场大风里的树
带着去年的，灾情回来

阳光落在地上，阳光
让一座坍塌在，暴雨里的房屋
开出废墟上，唯一的花朵

阳光落在地上，阳光
让一层浮在，万物身上的尘埃
明亮地找到了，落定的地方

阳光落在地上，阳光
让所有行走在，大地之上的人
替山河披上，一件袈裟

一树清香

一棵活着的树，对于天空
就是在它接近，人间烟火的时候

能最先触摸到，村庄的高度

能把村庄，笔直或弯曲地
撑到天空里，除了那座在平原上
能带来风雨的山，就是这些围绕村庄
生长得理直，气壮的树
它们中，那些浑身结满树痂
向大地投下，很多阴沉者
在一村人心里，是可以
托付大事的神

这些在村庄，也用花朵
虚构出贫穷的日子里，还有一点亮色
可以吐露的树，它们开花
它们结果，它们被砍倒的时候
会把一棵树，聚集了
一生的气味，彻底排出来
像一个，下世的人
把精神留下

一棵被砍倒的树，对于村庄
就是在它死亡之后，还能让活着的人
闻到，一村清香

落在地上的阴影

很像神从头顶，夺过一个人
手中的土布，让它飘落下来

也像死去的人，不从身边
带走一点多余的东西，自己怜爱多年的
身体的影子，也不带走
让它在去过的，每一寸土地上
作为替身，继续陪伴我们
还有房屋和土崖，抹去一身陈旧的
颜色，带着土布的
轻薄，滑落下来

这个时候，太阳
正在下山，一座村庄里
落在地上的阴影，比屋顶上的灰色还厚
一阵在呼吸里，才能发出的声音
从万物身上，一块土布一样
滑落一地。只身穿行
这样的阴影，躲不过随即
飞起的灰尘

阴影最多的时候，也是阴影

死去的时候，天上星光很稠

一切像铁一样硬

触痛乡村，最硬的东西

就是含在，土地里的铁

我们身体里，含的最硬的

一种元素，也是铁

握在手里，铁是一件带着血的冷兵器

在土地上，是自古翻出粮食的农具

种地人，在诉说自己的时候

或悲或喜，都会想起

那些留在生活中的，痕迹

像铁一样硬

我们在世上，能看见的

穿行在乡村的贫穷，也是铁一样地硬

一件衣裳，磨出一年的尘垢

像涂了一片铁锈，土布上的针脚

带着我们，身体里的疼痛

一层层剥落。连一块
牲口的粪土，也舍不得丢的
贫穷，在铁里扎心

在乡村里，我们真想看看
自己的骨头，能打几块铁

五十岁的女人

五十岁是分水岭
种地种到，这个年龄的女人
才敢蔑视，乡村里的
一些禁忌

才敢从眼前，撤去一些
委屈自己的乡俗，把很多自由的行为
放大在土地上。可以高声地
争吵事情，可以对着
一家老小，哭诉多年的怨恨
可以把男人，从手心里放出去
为了地界，可以去闯
乡上的衙门

这样活出，自己的

女人，在丧失神灵的乡村

像扎在众人喉咙上，一根吐不出的刺

心慈手软，这是祖先

念给多数女人的咒语，黄土拂面

吹出她们，一脸的茫然

活在禁忌里，五十岁后

走不了多远

五十岁的女人，大多带着

一身病相，走在寂寞的村庄里

什么都惊动不了

在乡村里老去

草木随季节，老去

活在乡村里的人，他们不知道自己

要随着哪一年，老去

在哪一年老去，不是

他们的年龄，能阻挡得住的事

也不是在他们身体里，管理不同土地的

器官，能按照各自的寿命
提前预测的事

他们要在，哪一年老去
一定是哪一年，他们遭遇到了凶险的事
他们或许还在壮年，他们昨天
还在山上砍柴，只一个夜晚的煎熬
他们就仓皇地，老去

他们从铁黑的
头发里，带着灰色老去
从逼退过野兽的眼神里，带着浑浊老去
也从抵挡过，山洪冲击的腰背上
带着世上的无常，佝偻着老去

带着自己，一直放在
心上的神灵，他们在一件天塌下来的
事情的现场上，突然老去

一个村庄，赶不走的事物

先前的种地人

先前的种地人，知道
我是他们的背叛者，便收走了
先前的风气，从我身上

先前的种地人
很像土地，动用一部乡约请来的先生
出门时，会把天象看在心里
下地时，会把骨气种在地里
一粒剩余的种子，也当成
神的粮食，带在身上
远走天涯，直至磨出
生命的包浆

先前的种地人
也是埋头，读过《诗经》的人
心里藏着的东西，都在土地面前放下
而山河之上，风吹过来

也要沿着，庄稼一年的长势
或他们，连绵起伏的身体
才能从马坊，走出去

先前的种地人，带着
先前的风气，在他们种过的
土地之下，活着

稻草人

稻草人，没有春天
稻草人，也没有夏天

稻草人，像从书本里
被赶出来的孩子。不受约束的田野上
也只有麻雀，没眼色地围着你
飞来飞去。声音被先生
早收走了，只有路过的风
把你穿烂的衣服
继续穿烂

而田野上，永远没有

书本里的童话。那些白露之前
收完谷子的人，谁也想不起带你回家
裙子在雨中，无心起舞
直至大雪落下，稻草人
冬天很深，要死
也死不到春天

稻草人，不知道生
稻草人，也不知道死

晚餐安详

晚餐安详，不管粗瓷的
碗里，还能端上来什么

每只碗边的响声，都是很少
说话的人，用尽剩余的力气呼救出来
粮食歇在屋角，月亮挂在山顶
你只有把眼睛，放大进碗里
才能看清，日子的黑白
天空不小心，一颗眼泪
掉进碗里，土地不小心

一棵庄稼，倒在身边

晚餐之后，一些远在
天边的人，也喊话回来
而用心敲响，大地沉在身体里的钟声
你一定听见，他们都说了些什么
此时低头，你会迎面看见
马坊很小，夜晚很大
一位猎人，因此丢失
一顿晚餐

晚餐安详，只有被土地
收住心的人，才这样说

一个村庄，赶不走的事物

风吹起来，塑料跟着起来
风不吹，塑料落下来

一个村庄，塑料
比人还忙。忙着在房上敲打瓦片
忙着在田野里，把青山的影子挤出去

也忙着，给在千年的水边
还能吟出《诗经》的芦苇
封上嘴巴

一个村庄，赶不走的事物
塑料铺天盖地。这些年少有雪灾降临
模仿遥远之冬，土地很难消化的
塑料，就用雪吹拂夏天
也用自杀，给大地插上
死亡之翼

风吹起来，村庄跟着起来
风不吹，村庄落下来

为一朵花写诗

土地不打粮食的时候，再远的
一块土地，也要让种子长上翅膀
死活飞过去

而一朵花，早已不认识
这些比粮食还瘦的人，也不知道

他们穿破岁月的长衣短袖，曾经有花朵
留下自己的样子。那个时候
你开一地的花，也碰不见
他们的眼睛。一粒麦子
如果落在地上，一定会让
山河痛惜

因此，五谷的花朵
如果不开在劳动者粗大的胃里，原野上
开得再简约的花朵，也会是
一种大逆不道，从而成为
镰刀下的冤魂。那个时候
花是野花，不会与庄稼
毗邻生长

那个时候，穿过草木
不生的土地，我只想在饥饿中
为一朵花写诗

那个男人

沿着马坊的山脊，我看见

那个男人用捡来的光线，一针一针地
缝合大地的伤口

这个时候，我就在山下
在山下一户人家的屋檐下
我挺直身子，用目光之刀
把山脊刻在那个男人的背上。不用质疑
他身上的伤口，就是大地多余的
伤口，累得那个男人
临近死亡，也要缝合

我的泪水，突然死在这个时候
我的心，也突然死在这个时候
这个时候，我把那个男人的背刻上山脊
让他接受，时间最后的缝合
而从山下，和我一样
走过的人，请抬头
送上你们的目光

我知道，躺在大地的伤口上
那个每天在身体里，带病爬山的男人
瘫成一堆黄土，再也起不来

丢失的土地

丢失的土地，在我手上
是心甘情愿地，丢失的

那个年代，马坊一无所有
只有一块土地，把我们的身份播种下来
就像一片麦子，种在谁家地里
就得在谁家的，镰刀下死去
为了不在，祖先的土地上
像麦子一样死亡，我挣扎着
从姓名里，把土地丢失

屈辱让我，把一个人
背负不起的罪名，抵押在土地
不会起诉耕种者的身上。丢失土地之夜
披星戴月，我把自己套在
车辕里，像牲口一样
用劳动，为养活我的
土地送葬

我的悔恨，是我赔上生命
也换不回，我丢失的土地

秋天的黄金

秋天在树上，不为自己
只为风景，制造着命运
最短的黄金

这个时候，你不需要动心
也会被照耀得，想为满眼的黄金赴死
而你彻夜读过的，黄金小屋
不在书里，就在一树之高的
地方：头顶黄金
天空美好

蓝天白云，也在收翅
向你的头顶靠近。而黄金
带着秋风，正在搬运整片天空
搬运飞鸟，在黄金的硬度里练习声音
你在地上，你不能展翅
嫁给黄金

那些一直，弯腰捡起
落叶的人，人在地上
也不会想到黄金

黑色的眼睛

风在这里是黄色的，因为风
无边无际，从黄土里刮过

风下的万物，都换上了
一种颜色的服饰，就是身体能摆出
花朵神圣的姿势，也开不出
花朵的本色。而风狂乱
正从一个黄土塬，向另一个
兄弟一样的黄土塬，一路
呼啸而来

那一刻，我看见
一些光着背脊的人，站在风里
与神生死对峙的样子。那些被感动得
按照季节的密码，生长下去的
庄稼地，一片跟着一片
睁开人群，没被
吹黄的眼睛

风从这里刮过，风是黄色的
眼睛留在这里，眼睛是黑色的

马坊的一天

我以为，大地的心脏
是在马坊跳动，在它能望见
众多山脉的胸腔里，为我们
有节制地跳动

远处和近处，山脉
就是藏在，我们身体里的石头
就是我们从小，一路翻读过来的天书
我们心里，能盛开多少花朵
这些，山脉有记录
我们心里，有多少伤
山脉也有记录

山脉无言，却让我们和马坊
活到现在，还能一眼望见自己的原形
清晨，云朵涌出山脉
落下大地上，一天的事情
夜晚，山脉收走云朵
也收走，万物遗失在
大地上的声音

这个时候，我在夜晚

在众多山脉，沉默的夜晚

从无数人的目光里，清点

马坊的一天

失去土地，也生不如死

春天又一次进入村子里

带着风的凌厉，大地的手上
捧出的每朵花，都藏满春寒

这个时候，风已翻遍
大地上每一座，需要苏醒过来的山梁
门口的树木，已被吹薄云层
带着哨音，空袭地面的风
吹出冷藏在，一些敏感部位的花朵
苫在屋顶上，可以划破天空的
瓦片，也从灰色里
暴露出数丛，活着的苔藓

像带着一身的，药力
春天又一次，进入村子里
进入一些人，刻凿在身体的印象里
他们打住，和一些远在
天上的神灵，还没有说完的话

起身的土地，在种地人手里
就像一匹，发情的牲口
遇见好的种马

身上的棉袄，如果脱得晚了
也会在春寒里，被身体撑破

失去土地，也生不如死

失去天空的，飞鸟
生不如死，我们失去土地
也生不如死

坐在天地的，晨昏里
我们手上，握满了被神挑拣过的种子
却不知撒向哪里。一阵从山梁上
带来虚土的风，告诉低头
吃草的马，躺在身边的山河
不是沉重得，拉不动
而是没有一块，可以插入
犁铧的土地

我们也是，一些被神
挑拣过的人，种地的苦处
像在身体的，土地上
去抵抗病变的侵蚀。在一个地方死去
在另一个地方，饱满地活过来
我们不如，这些带着绝望
选择远方，重新培育
自己的种子

失去土地的，我们
也像一群，失去天空的飞鸟
活得生不如死

阳光也是一味中药

不出太阳的日子，我们在地上
在失去药力的地上，等得心焦

阳光落在地上，我们
在旧有的乡村里，失去了旧有的事物
天空在头顶，吹什么样的风
飘什么样的云？拖住旧有的山水

阳光伏地的形状，暗示多年以后
土地挣扎着，就是握在
神的手里，也会失去
生殖的能力

那个时候，想起我们
走得太早，也走得可惜的人
守在天空下，面对耕种不下去的土地
很多种子宣布死亡，很多疾病
也从种地人身上，转移到
庄稼身上。虚弱的阳光里
麦子，不能抵挡一只
虫子的侵害

阳光也是一味中药，想起的时候
阳光被锁在雾霾里，失去了药力

地上的霜

霜是寒潮，在地上的
一次呼吸，它不会降到没有
泥土的城里

带着大雪，化妆之前的

素颜，我们在寒潮

逼近万物的地上，看见一袭白衣的霜

看见昨天，还在晴朗的天空

向村庄飞来的鹰，它的翅膀上

此刻，只剩下覆膜

一样的霜

万物寂静，万物像戴上霜的面膜

为身体的每一个部位，去垢除污

地上的霜，在一些

极寒的地方，像举着一把冷酷的刻刀

一棵抬头，看见北风吹来的树

擎在天空的枝杈上，被刻出人间

此刻，不会看见的白莲

我们看见麦叶，每一片

都像一把玉刀

在寒潮的，呼吸里

我们出门，踩着地上的霜

走向一些地方

缺了一角的月亮

像女人身上的，潮水
为自己，一直多难的身体
按月涌来

这个时候，很多女人
躲在天地暗合处，想把自己一直多难
又一直好看的身体，收缩成来到
人间的形状，想在另一个
女人身上，找回一些温暖

那些坐在，场院里
看着男人，碾打完麦子的女人
知道自己多难的身体里，没有潮水的
疼痛洗涤，就对不住这一年
打下的粮食

直到月亮，像模仿着
她们身体里的创伤，也掉下一块血肉
很多心细的女人，赶紧在手上
缝补缺了一角的月亮，和她们
落下潮水的身体

缺了一角的，月亮
知道有一些，女人身体里的潮水
赶着天体，运行的时间

冬天的风

刀子一样的风，割得山河
不敢低头，看上一眼自己

翻过野兽，带着
胃里的饥饿感，一路退缩下去的山梁
冬天的风，来到门户紧闭的村庄
天空冷得，一无所有
只有寂静在云层里，不忘旧情的雪
可以被风，吹进我们活着
没有多余，也没有
闲散的生活里

山河咬紧，松动的牙关
冬天的风，提醒我们
在门户紧闭的村庄，要有耐心
要在表面冻死的田野上，解除积压了

一年的痛苦。不能躺在
割到骨头的风里，因为所有
解冻了的土地，搭上身体
来年，要交给庄稼

刀子一样的风，割得我们
听见骨头，在身体里喊疼

想听一个人的声音

种地的人，不怕表面上的累
最怕孤独，从心里带来的累

很多时候，现场
站满可以充饥，却不能说上
一句话的庄稼。一朵远在山顶上的云
不会轻易，来到种地人
充满汗味，也充满尘土的
腥味的身边

他们身上的，这些气息
或浓或淡地，侵犯着他们

活在地上的尊严

多年以后，他们
依然活在这个，需要有人下苦的世上
身边的孤独，被包围在城墙
一样敦厚的，庄稼地里
不想死后，会不会被一匹马
驮着剩下的灵魂，出村

此刻，想听一个人的声音
从墓地传来，他们也想听

在残疾里活着

一棵树，可以从头长弯
可以从悬崖上，欢喜地斜出
身体残疾的部分

而一个身体，长弯的人
必须下意识，把残疾的部分收缩起来
走在一地的虚土里，他没有
欢喜可言，没有可以

放在人前的架势。为了躲闪那些
很少恶意的目光，村里的
墙角，被他的衣裳
磨损得发旧

一个人的时候，他恨过
带着残疾，不该出世的自己
那些用可怕的造型，扭曲身体的骨骼
让他失望，让他无法
遮蔽这些，限制他身体的残疾
很多时候，他想逃到
无人的地方，一个人
生活在残疾里

带着残疾的，身体
老之将至的时候，他最难的事情
是配合好着的部分，活下去

蓝色的花朵

蓝色的花朵，让一直
低头吃草的羊，突然用怀疑的

眼光，盯住大地

蓝色的花朵，让一匹
站在大地的毛边上，狂草着自己的狼
突然安静下来。低头看见的
冷色，吹散在
每根狼毫上，都像一身
发蓝的钢针

蓝色的花朵，让一匹
奔出夜色的马，放下前蹄
像从强悍的体型里，放下不怕践踏的
旧山水。被血汗的味道
疯狂地带出来，马的身上
不全是烈性

蓝色的花朵，也让一群
有命债的人，懂得在猎杀中冷静下来
大地寂静，一朵花吐露出来的
世界，今天读不懂
被良善的风，抚摸着的蓝色
是神的暗示

蓝色的花朵，带着乡村
身上的冷色，开出我们心里
放了多年的，忧伤

活着

没有一天，不用身体里
每个能动弹的部分，在他们留下的
人世上，写下这两个汉字

只要活着，我们就能
被这个世界看见，就能去到很多地方
带上和别人，很不一样的心情
像在每个，甩开了黑夜的
早晨，我们活着推开
关闭天地的木门，走到村外
走进被我们，种得
老去的地里

只要活着，这两个字
不读出来，也有因土地供养
惊到我们的声音，被头顶的神灵听见

他们中的一些人，活着的时候

就带着，人间的至爱

甚至传递给，在我们身后

活得只剩下，一副

骨架的牲畜

活着，依附他们

留下的土地，我们活成了

这两个美好，汉字的奴隶

在神的山谷里，放马种地

赶走我的羊

故乡正在消失，我试图挥鞭
从草坡上干净地赶走我的羊

不能留下它们
退化的草坡，会让羊的脸色
变得比死亡还难看。那些在吆喝声里
还想吃尽，最后一口水草的羊
不肯抬头，也不肯喊叫
我能想象到的故乡，此刻
不会挥鞭，我的羊
也不必太难过

我能看见的，泪水
正从我的羊，一生盯紧草地的眼眶里
简短地流出来，没有一纸诉状
能用冗长的篇幅，起诉得起故乡
而神能看见的，天空里

我的羊，不会把自己
托付给一些，羊一样的云朵

我的羊，能带走我的忧伤
却带不走这些退化的草坡

在神的山谷里，放马种地

在神的山谷里，我们放马
我们种地，我们把自己
领上山顶

而把茅屋，搭在神
偶尔弯腰，看上一眼的谷底
这里离水最近，也有行走过来的野物
想起接近人烟，也想起
我们种过的地里，一堆土豆
等着刨出。鸟的声音
也代表神，随时在头顶鸣叫
有如山风吹来

而在山顶上，只有等待

那些皑皑白雪，带着灵魂回到岩石里
才能点破，表面稀薄的泥土
埋上成熟期，很短的种子
这时，有很多时间
可以从高处，带着神的
目光，俯瞰神的山谷

坐在山顶，我们发现
神在山谷里，帮助我们放马
也帮助我们，种地

时间凋零

在土地上，时间凋零
一场阴雨，让道路泛起很稠的泥浆
浮动在一片，潮湿的时间里
我们，走不动

很多时候，时间
走动在整片的，泥土里
腐蚀我们，一生消磨在大地上的身体
还需要很多，用生铁打造出来的

工具。一把在劳动中

失去锋利的，斧子

最先在我们身上

被时间磨钝

走动在早晨，云朵

代表时间，宣布万物每天走动的秩序

一场阴雨过后，泥泞的大地上

我们必须用一双，完整的手

抢救被雨水，吞食的日子

只是天空，积累起

人间的哀怨，看着

时间凋零

看着时间，在我们

泥泞的身体里，守着早晨的云朵

开始凋零，而浮动在身边

大地苍茫

我们种过的地

在我们的身体里，板结

在我们的身体里，死亡

我们种过的地，没有一寸
不代表山河。平铺在一条河流的身边
接着种下去，种植我们需要的
北方的麦子。它也带来
人间的饥荒，而跪在一处
迎向它的山脚下，我们把
手中的粮食，种成
土地的诸神

我们爱和落山的太阳
一起放下身架，平静地躺在
泥土的表面，接受上升着的地气侵蚀
这个时候，一生种地的祖先
也在地下，躺得平静
身上，有我们种下的麦子
不要翻身，种地的人
会把自己，种进
种过的地里

一寸土地，也代表山河宽大
一次死亡，不代表土地死亡

一阵狂风

种地人身上，没有不背着
一阵狂风。骨头的硬度
也多半是，狂风所吹

很多时候，狂风在天空
接替了太阳，用另一种方式敲打庄稼
种地人身上，也有狂风吹破的
一件衣裳，很像为山河
披上袈裟。而狂风不吹
麦子不黄，被阴云密布的
天空，也不干净

只有狂风，在敲打
庄稼的时候，冷着一副面孔
敲打我们，被种地彻底累坏了的身子
狂风不吹，埋在骨头里
那些疼痛，至死喊不出来
也不会离去。夹在狂风
庄稼之间，种地人身上
种满悲喜

狂风不吹，麦子不黄
我们为土地，背在身上的
疼痛，不会被敲打

庄稼的记忆

残留在庄稼的记忆里
有一片云，有一阵雨

有一群种地人
用一生苦焦，守护着一块受活的土地
让上帝的粮食，从一把种子里
顶破泥土，带着温暖走出来
庄稼之外，没有神灵
能坐在种地人心上
比庄稼还高

而庄稼之上，是种地人
遗失在崖坎上，跪拜过的泥像
它们静坐着，是他们用双手捏塑成的
庄稼看见，也像看见
种地人的真身。一些飞鸟

衔支麦穗，递上
遗失的口信

残留在庄稼的记忆里
有把种子，有把泥土

有白雾的早晨

饱含着山河的水分
在山河里，用失重下的自由
描述山河

也饱含着，我们身体里
多余的水分，也是我想用来
湿润一部分山河的水分，沿着一座山
一条河流和一片村舍
硬朗的轮廓，描述大地的姿态
我在其中，也被描述得
一身苍白

只有阳光，或一阵风
才能不留痕迹，收走这些诗意的描述

干爽地恢复，山河清晰的原貌
一片村舍，在不同的色彩里
也隐去早晨，划下的边界
这个时候的，山河
一派高大，站在身边
我也豁然开朗

沿着边界，能被再次
描述，是山河遭遇雾霾之后
饱含水分的梦想

种地人的想象

仅仅为了，这些粮食
丢下含满，我们泪水的土地
种地人，可以死去

可以在一片，赶着雨水
还在为我们扬花的，小麦地里死去
有块土地，长久地睡在身边
有片庄稼，顶风冒雨生长
饥饿，不是问题

种地人，被土地牵绊
被庄稼包围，在泥土的深处
突然看见自己，活了很多年的样子
也看穿家书，能写给后世
就是几个，种地人的名字

只有粮食，穿越饥饿
在茫茫人间，慈悲地喂养出来的爱
不会随着，我们的身体死去
地老天荒，抚摸着庄稼
种地人，看见祖先

这时，种地人想起
大地之下，还活着另一群种地人
他们不一定，比我们痛苦

南山的桃花

扶犁的人，在你犁开
第一犁泥土的时候，南山的桃花
为你等候，大地的墒情

南山的桃花，从你身上

收集风和雨水，收集潜入泥土的种子
带着暗火，每日磨炼的痛苦
透明入骨，是南山的
桃花，从走过的很多黑夜里
带来的自己。你坚硬的
犁铧上，也开出了
铁质的桃花

南山的桃花，开在
扶犁人的屋外，不为别的
只为趁着时光，驱赶走你身边的荒凉
带着山坡的骚动，回头的时候
没有女人的，目光可碰
就碰一碰桃花，开在
南山的柔软

扶犁的人，你要从此知道
大地的墒情很深，南山的桃花
它的花期，却很短

我们身上的盐

风吹不走，雨淋不走

我们身上，盐味太重

盐在劳动中
腌制着我们的身体，让它从青春开始
就忍受疼痛，拒绝腐烂
一朵野花，闻到我们的汗味
也会失去，开放中的精神
而一只羊，误把我们的肌肤
当成枯萎的草地
不停地舔着

我们身上的盐
也是血液里，剩余的力量
它被过重的劳动，带到了我们的体外
一朵白云，有心擦去
或能看清，我们种地的时候
那些汹涌在身上的东西
都去了哪里。我们
种过的地里，泥土
一片苦涩

我们带着，身体里的盐
我们的身骨，坚硬如铁

为她省下，地上的花朵

鸟儿自述

飞在天上，我们没有天空
落在地上，我们没有大地

一只空怀，天空的巢
在勾画不出云朵的树枝间，也空怀着
草木稀疏的大地。被风雪带走
身体里的温暖，被雨水浇灭
羽毛上的火焰。一只青虫
带来的农药，是残杀
我们的晚餐

死后的身影，不再浪费
人世间的一寸山水，只用羽毛
留在云朵深处的痕迹，告诉那些还在
天空中的鸟儿，我们不代表
痛苦，也不代表快乐
我们的翅膀，穿过大半个

天空，只是为了不停地
起飞和落下

没有天空，我们也要起飞
没有大地，我们也要落下

为她省下，地上的花朵

站在山坡上，那个帮我
数羊的女孩，像羊想的
一朵云

像一朵被雨水，洗出一身
蓝花土布衣裳的云。能被戴在发间
这些低头，吃草的羊
也懂得从舌尖
为她省下，地上的花朵

盛开在，她的身体里
我能看见的世界，不想在天空移动
跟着雨水，从飞鸟的背上
那些移出，天外的云

为她，落回地上

我的悔恨，是我放下

羊的时候，就是从山坡上

狠心地放下，那个帮我数羊的女孩

雨落人间，多少次丢掉的性命

再也无人，去数回来

山坡还在，数羊的女孩

像一朵云，那年流失在

羊想的天边

春天的药力

从河边醒来，岩石露出

春天的药力，一朵山野之花

借机，救活自己

大地上，该出土的

都带着身体里，攻心的火势

向爱过恨过的人间，大声喊出

跟我们再活一世的血誓。神灵压不住

点燃在坟顶上，我看见

一些悼亡亲人的花朵，也被用来

记录我们之间的

生来死往

我身上，也有

攻心的词语，被季节敲打着

春天的药力，浓烈得不用怀疑

在山野间穿过所有植物，会把万物救活

这个时候，就是一块丑石

躺在我们渡过的，河边

也会有一身冲动

从山脚醒来，大地露出

春天的药力，大地在上升中

带我到山顶

我们渡过的河

从一朵浪花之上，我们跟随而来

最终流落成，你的一堆泥沙

我们能发出的声音
被你强行，从很多地方带走
山脉的腰部，大地扭动身体的臂弯里
我们被众神，临时从你的怒吼里放下
而能够爬上去，高山顶上
我们会用泥沙，一直塑造你

我们渡过的河
不是太多，在被大水反复淹没的过程中
你一定看见，我们的绝望
沿途有很多，沉默的石头
被一只羊的叫唤，刀子一样
扎出声音

那些在泥沙里，生长下来的村庄
是我们至今，能看见的世界

还俗成云朵

我们的日子，压榨着我们的身体
走到哪里，都会遇见一条宽大的河
暮色苍茫，渡过人间

看见一些，格桑花
失去遥远的草地，跟我们在平原上流浪
带着山河，剩余在身体里的野性
花朵上面，那些伤感的色彩
会被提炼出来，铺天盖地
占领被山河，用黑白
掩盖了的芳华

也占领祖先，用极简的文字
而以《关雎》开篇的《诗经》。头顶的天空
还能认出，这么古老的诗句
一定是我们，回到了爱情的早期
从很多事物身上，听见了
自己的声音。人到中年
能够一次，渡过的河
不会太多

我们的歌声，也从一系列
山脉的顶上，还俗成云朵

仰望太阳

太阳在头顶，能分给我的

不只是一块巴掌大的天空

眼前的山脉，身边的河流
还有躺在脚下，一块能生长粮食的土地
一只神灵的手，会钢印一样
把我身体的剪影，轧在它们的上面
几十年后，还有一块墓地
站在土地的边缘，等我
随身带来，一片山河

不拒绝死亡，但拒绝哭泣
因为在我，决定降生的时候
已把太多的泪水，当作雨水洒向了天地
我的身边，一朵开败自己的野花
也是一路，陪伴的神灵
守住山河，记住它们
是我一生的事务

仰望太阳，我把自己的一半
分给父母，另一半分给天地

露水说

我来看你，只有在夜里

只有在一些，与你隔窗相望的

草叶上看你

也只有夜里，我才能依着

冷静下来的天空，慌忙收起自己的野心

而为了你，可以把自己从表面燃尽

也把身体里的硬度，连骨熔断

这个时候来看你，我需要穿上

夜幕下纺织的，一身锦衣

并且叫停，所有云集在

草叶上的舞蹈

而为你出场，我只有选择

这个背叛，或出卖日光的时候

草叶的剑刃上，我怕微风赶在夜里呼吸

也怕一只，纠结天空的飞鸟

突然从草叶上，让我粉碎一地

为你死亡，是我每天

要上的生命课

你只要记着，抚摸这些草叶

我会一天一次地，借着夜色

为你赶来

一棵树

站在天地，为人和万物
舍身搭出的框架里，一棵树
离我很远

一棵树，成了我和平原
不分男女，并肩劳动的背景
我被身边的大风，吹乱了脚步的时候
站在前边，参考着移动的太阳
也参考着，山脉稳定的走向
一棵树，为我从远方
纠正着乡野之路

我的身边，不缺乏庄稼
也不缺乏，动手搬走残山剩水的愚公
像一根铁钉似的，被敲打进
平原身体里的树，在它
纠结的时候，我看不到
平原上，在我以外
谁会与之厮守

一棵树，吹来平原上的风

一棵树，吹走我内心的冷

一次重聚

风吹乱大地上的一切，我们落在哪里
都像从一个人，失去护卫的
手里，掉落的沙子

被生硬地握着，他粗糙得
能握断大地上，所有河流的手
却不曾握伤，那些穿越在我们身体里
纤细的血管。抵触他手上
刀刻的硬度，我们用剜心的
泪水，一生打磨着
沙里淘金的骨头

大风握不住，河流的时候
我们被大风，吹得越来越破旧的身体
也像一粒沙子，带着残留在骨头里
那些不朽，也不蜕变的因子
从他手里，突然掉落下来
泥土的疼痛，是泥土

藏下沙子的硬度

我们的死亡，就是沙子从一个人手上
不断地掉落，就是与先前掉落的
在泥土里，一次重聚

我们活着

看见亲人的死，我们不只
用心难过，抹掉一些悲戚潦草的场面
我们开始，用心推测
自己的死

我们活着，爱过的人
情愿浪费身上的时间，带着一生的忧伤
寻找我们，在一片干净的山河里
与风雨住下，种植神的粮食
生育心疼的，儿女们
从此成为，我们活在
人间的全部

我们活着，通过云朵

让众多飞鸟看见，我们身上
有放不下的天空。能看见亲人的死
却看不见自己，那就不要缺席
每一场葬礼，也盯住雪花
怎么冻死，一朵错误地
开在冬天的花

而飞过天空，有一只大雁
带着子弹，在大地上落难

山河一样，完整的脸上

霜的告白

昨夜的霜，又落了一层
大地亮了，站在我之外的植物
也都一身苍白

在家门口，我与
一只轻闻着，地上的霜
不敢走动的猫，相互感受铺天盖地的
寒冷。远处的田野上
那些踏霜，来到地里的人
像赶着自己的时间，刨出埋在
身上的温暖

站在霜地里，土地和人
一样单薄，也一样僵硬

这个时候，植物
都在删削，身上多余的叶子

落到田野上，这些被霜打过的人

却在身上，加着衣裳

我被孤独锁住咽喉，我念不出

那些跟着霜，走了的人

留下霜的告白

像霜一样，落在田野上

一只野兽，看见行动僵硬的人

不再，逃之夭夭

苦命的麻雀

把乡村的灰色，带上瓦蓝的

天空，是一群泥水里的麻雀

因为一直饥饿，很早

醒来的麻雀，就在灰色的乡村里

没命地起飞。能让它们落下的

那些地方，应该有一口

不多的食物，可以争夺

却不可以放弃

因为年代，一些聚在

乡村的鸟兽，早已带着人间的灰色

退出了田野。那些被饥饿

威胁过的人，生活也开始殷实

只有麻雀，还在拼命地

争夺一口食物

苦命的麻雀，带着一身的不安

飞向天空，像地上溅起的泥点

望得见彼此的炊烟

炊烟里的乡村，可以让云朵

在识别区里，安全低飞

可以让大风，免费路过

炊烟里的乡村，让一群

身材低矮的人，也能高大地活着

而一些生性，彪悍的牲口

也因炊烟，柔软的样子

关闭了，一身野蛮

炊烟里的乡村，也让那些
衰年里走掉的人，不得不回过
连同苍白，都已停止的头
有幸看见，一些前世的人
踩着炊烟，聚在一起

炊烟里的乡村，也让我们
看见世上，最单纯的人
就在炊烟里坐着，坐着等待
另一个人，骑马带着
扑面不寒的，山水

望得见彼此的炊烟
我们已经把出生，交给你
也会把死亡，交给你

应该感谢风

吹了很久的风，今夜
又要埋头，吹来什么

隔不开的，夜色

又从山顶，向山下引来
一场想在庄稼身上，取走平原的风
黑暗中，传出一些
说话的声音，被风淹没后
就只剩下，在屋顶上
翻动的瓦片

躺在风里，我睡不着
想风带来，一年里的雨水
想风带来，一年里的雪花
想风从平原上，带来下世的人
一些很零碎的，话语
像他们的遗言，在风里
为我，一一出现

应该感谢风，取走的很少
吹到我身上，是一座平原

母亲手上的野菜

这是我能看见的，春天
在她手上，被一把单纯的

野菜，装点出来

母亲手上的，野菜
让她抚摸过的，旧山水
带有一身，不太扎眼的底色

也让我知道，在庄稼
种不到的地方，是这些野菜
弥补着地上的空缺

母亲手上的，野菜
让我看见，这个世上
能遇到的东西，没什么不好

这些最不缺的，野菜
像带着她的仁慈，在她手上
生长出来

母亲手上的，野菜
在母亲，抚摸得到春风的
手上，带来春天

而那些，在除草剂里

凛然死去的野菜，不是她
手上的野菜

山河一样，完整的脸上

他们的山河，就缩在
他们突出的，眉毛里

这样的男人，如果遇见
就像大风天里，在山梁上遇见
一匹马。精装在心里
世界像一座，极简的屋宇
他们只要，一次可以穿越
生死的机会

这样的男人，如果遇见
越过他们，突出的眉毛
看他们头顶，一定像一片
风吹过的沙漠。穿越在身体的
痛苦里，不惜满头的
长发，随风飘去

只剩眉毛的旗帜，举在
山河一样，完整的脸上

干枯的植物

站了一年的，植物
也像他们，在人世上站了一生
干枯，一个听起来很冷的
词语，被我听见

又是风，植物身上的
所有水分，都被风吹走了
这是秋后，应有的结局
他们身上，也失去了
水分的浸润

比起那些，死在原地的
植物，他们在田野上
还能干枯地，走动

这个时候，风吹着
遗失在自然里，那些被他们

爱过的植物，每一株

都在一触即响的

声音里，死去

干枯的植物，身上剩下

最后的声音，只要风吹着

他们坐在，遥远的地方

也能听见

太阳破土而出

东山醒了，这座被黄土

吹打起来的山，它越过屋顶

用一束光，照亮我

它从我不薄，也不厚

穿过春秋，落满虚土的衣服里

取走积攒了，一夜的死气

带着身上，没有褪净的

冷色，我在风和马

清新的气味里，走进

一个人的田野

太阳，破土而出
这是一天，跟着他
到来的时候，要照亮我的仪式
像有神灵，有意这样安排
让我看见，他脚下的大地
此刻，一片稳固

也让我，噙泪看见
那些围绕他，不忍离开的庄稼
在他放下身体，只留下一些
映象的地上，生长得
无限寂静

多年以后，我才懂得
一定是他，在高过东山的
天上，用他的光照亮我

草已弯下腰

大风又一次吹来，它要取走
土地身上，那份仅有的温暖

草已弯下腰。在这块
人烟稀少的地方，我能看见的草
都像带着，一匹马的眼神
我也感觉出，能把这些
温顺的草，带上住着神灵的
山顶，一定是打着
好蹄铁的马

也一定是我，在风里
被坏天气，驱赶着
像临死之人，闻到一身汗血的马
有很多幻象，在天空出现
却不能去爱。因为有一匹马
带着草原，也带着河流
奔我而来

草已弯下腰。草的身体里
带着大风，吹不走的温暖

我们的立足之地

吹我们来这里的风，留下

一块小平原，和一座高过屋顶
可以放马的山，走了

面带憨态，从容地
定居在这里，不是神灵的恩赐
是被风吹得，想死的人
不能把身上的骨头，抛到
更远的地方

在路上，能看见水的人
像看见自己，身体发芽

我们的，立足之地
就被钦定在，一个人死亡的地方
围绕他的坟墓，我们建造
泥土的屋子。很多成了废墟的
村庄，我们住过

我们被风吹着，也被风
一点点蚕食着。我们的骨头
埋在我们的，立足之地

一群不与山，争执的人

我们爬过的山

山上有很多风景，我们不会看
山上有很多东西，被我们采光

我们爬过的山
就在一片，小平原的尽头
它不高不矮，就像土地扔出的一块累赘
它也不卑不亢，总会在地上地下
生长一些人和野兽，争抢的食物
求神问佛，我们在它身上
跑破的鞋，可以堆成
一座像它，一样的小山

我们在平原上，紧张地种地
却在山里，悠闲地放牧我们的牛羊和马群
季节在身边，踩不乱山里的节奏
一朵云，带着一朵野花
在我们的盲目里，被冷落在天上

破败在路边，是先前的
爬山人，用一堆泥巴
捏塑的自己

山上有很多神仙，被我们冷落
山上有很多天象，我们破不了

一群不与山，争执的人

一群不与山，争执的人
活在山里，是另一座山

来到他们面前，我在山下
放心不下的，都会天高云淡地放下
比山路还僵硬，是他们的外形
吊在眼角，却是慈善的泪水
像神的布施，从不干涸
也不滴落。一袋旱烟
可以吸灭，在日子的细处
埋了多年的，怒火

脸盘，经霜雪敲打后

像一颗山核桃的侧面，又被风
盘出一脸包浆，从云端降下来的神
也难看懂。那些铁丝一样的
皱纹，就直接烙在眼角
身体里多出的，这些硬痂
很难软化，只有带到土里
自己慢慢腐朽

看懂他们，我得用上在山下
长时间看山的，那一束目光

回到他们中间

我曾像它们一样，把自己
当成归隐者，一个人守在
一座山里

守在它们中的，山花
开败了自己，虫子也进入冬眠
我一个人困守着的山顶上，只有它们
能代替那些，来去自由的神灵
引导我，接近天上的云朵

而埋没在，烟火中的山下
让大雪，执手看见
生活的低沉

也是我，远在山顶
一眼看见的人间，也是山花和虫子
年年赶来，年年死去的人间
而埋没其中，那些心里
有苦诉说不出的人，天天看着
死亡生活。回到他们中间
我要活够，我爱
他们的年龄

那个时候，我看见的
山花和虫子，一定是死去
活过来的他们

山中遇雨

这时的天空，在一只狼
和我之间，消磨着风雨

山顶上，如果没有

这座废弃在，白云里的小庙

我不会踩乱，很多石头的安静爬上来

风雨也不会，挣扎出天空

少有的慌乱，像要赶来

洗刷我从山下，带上来的

一身尘土

安静在风雨里

我从一块石头的凹陷处，看见一只狼

收敛了目光里的凶残，也蹲着避雨

饱蘸风雨，它浑身的狼毫

失去中锋，写不出

我想要的汉字。我们之间

除了风雨，暂时

没有险情

山中遇雨，一只狼

成了山顶的，图腾

岩穴之花

从石头的心跳里

盛开的花朵，带着石头
多余出来的，一身冷艳

岩穴之花，在一座
山的冷峻处，凌空开放
山中的冷艳，也在自己身体的耀眼处
一再释放，美人心怀的冷淡
只有云朵，带着寂寞
在一些花瓣上，反复搓洗
雨后的心情

而在采药人眼里
一朵神秘的岩穴之花，就是一朵采尽
天地之气的中药，也是山神
附体的灵物。多少采药人
藏身岩下，还用剩余的
目光，祈祷最后看见的
那一朵，像风
在风中低头

岩穴之花，凌空献给
生命的中药，必须用
生命采回来

飞鸟的羽毛

落在山坡上，飞鸟的羽毛
不是从树上，掉下的树叶

霜的荼毒，可以让树叶
换上一身金丝织出的服饰，栖身的舞台
却被树冠限制着。飞鸟矜持的羽毛
见过天空，也见过云朵
在翅膀上的愤怒。而飘落下来
一定阻挡过，天火
抵身的焚烧

我要惊叹，我看见的
这些飞鸟，多以世上剧毒的
虫子作为食物，才长出倾倒人间的羽毛
才戴上一身，上帝也创造不出的
鸟类的美丽，闯进了天空
我在人间，葬送大地给我的
所有芳华，也要收藏
飞鸟的羽毛

落在我的手上，飞鸟的羽毛

也代表我，向热爱的人签名

像草料一样

不在山里，你看不到
一阵大风，刮过你行走着的山涧
会带来的壮举

那个时候，一切巨物
都像草料一样，被大风之马
施展出饥饿中的力量，瞬间吞食一空
那些沉重得，能压垮一座
山峰的石头，也是一把被大风
揉搓软的草料。天地之间
大风如马，马蹄过处
山河一片狼藉

久居山里，你会发现
饥饿在所有动物身上，也像一场大风
随时刮起。叼在狐狸嘴边的
一只兔子，是狐狸的草料
所有血腥，都被大山

在夜里咽下。流过山涧

一条河，被谁畅饮

而大风过后，这些你不

认识的草木，却以中药的名义

穿行在你的胃里

植物的汁液

高山下的花环，不独用来

纪念死亡，以及死亡后边

那些被花环，簇拥的名字

植物的汁液，河流一样

汹涌在植物的身体里，它不能不骚动

这个季节，也不能不用众多性感的

花朵，演示它身怀的隐秘

被汁液激荡的植物覆盖，高山

因此戴上花环，也因此懂得

植物身上的，欲望

都藏在哪里

我看见的，花环
像一堆黄金白银，也像一堆青铜
代替万千云朵的位置，挂在树梢之上
而一棵高山杜鹃，悄悄告诉我
所有的花朵，都像女孩
翻身跳上，爱情的高枝
含泪开出的。她们清纯的眼中
那时，不带怒火

植物的汁液，我向你索要的
不是高山下的花环，也不是
你身体里，那条野性的河流

山谷里

向山谷里，走得更深一些
那里有我们，想要的一切

那里的水流，带着山神
巡游过每一条深涧，和它身边的野花
然后来到，有人在寂寞中开垦出的
一块地里。生长得简陋的庄稼

也失去在平原上，才有的

那一身厚实。我们抬头的

时候，看见有羚牛

踩住了云朵

坐在一棵，笔直得

失去枝杈的树下，我们才发现

山谷里缺少的，是日光不能大片落下

在山的阴影里，分布在一棵

草木身上的光芒，也极其有限

像一只心里，有山

有水的鹿，我们在自己

身上，看见山谷

向山谷里，走得更深一些

一直走到，我们的身体里

仰山帖

秦岭在远处，高大地站着

秦岭看不见，这些也在远处

巴望它的山

我们能看见，看见它侧着土黄的身体
在小平原的尽头，有些孤独地站着
它没有坐地，形成一道山脉
苍茫的大地上，它只是
一段山河的附属。找矿的人
却在它嶙峋的瘦骨上
踩到了，一座煤矿
多余的矿尾

祖先，没有踩到矿脉
祖先安心地种地。迎合找矿的人
我们踩到了矿尾，却从此放下了种地
多少年后，一切都被雾霾揭穿
被我们滥采的，是我们需要矿物
滋养的身体。金属从血液里
流走，金属开始
污染我们

秦岭在远处，看见我们的忏悔
如能提笔，一定代为天下群山
挥写一卷：仰山帖

羊群，为谁牺牲

逆着时针

没有一束光阴，能摆脱天空
跟我们在零碎的地面上，逆着时针
临时走动

我们也是光阴，寂寞的时候
不小心走散的一些小人物。大地上的河流
最先在哪里流动，只有血管知道
人世间的五谷，最先在哪里
成熟，只有舌尖上的
国家知道

而一次死亡，可以
逆着时针，带我们到山顶上
回到女人的子宫里，看见自己最初的样子
也看见一场，淹没在泪水里的葬礼
那个时候，我们一定看到
远处的祖先，还在一块

石头上，打磨自己

逆着时针，我们倒读
我们走过的世界，那些最生动的情节
都逆光藏在，走不动的地方

羊群，为谁牺牲

活在马坊的记忆中，一只狼
没有日子凶残，落在麻色的皮毛上
也不全是，心怀的恐惧

一只狼，一只让我们
痛失群羊的狼，马坊的山河里
它孤独走过的路上，不会有英雄和美人
同时出现。我望穿大雪的
那些日子，被它冲破
身边的残禾，而叼走

坐在一只狼，身披饥饿
走过的山坡上，我突然吼散吃草的羊群
我的胃里，那时能藏下的食物

不比它多。那双看我的眼睛
一定在雪地里，放出让人间
很冷的猩红

一只狼，让马坊看见
羊群为谁牺牲，我们在大地上
这样活着，又是为了谁

中药的气息，大地的气息

一年的时光，不分季节
也不分好坏，照耀并折磨着
病中的亲人

我从满目，很像他们的
庄稼身边走过，我闻见他们喝过的
中药的气息，大地的气息
一束低头的谷子，开始怀疑
这片生长粮食的，水土
也会生长疾病

我听不见，他们的呻吟

因为大风，从来都是赶在万物前面
然后突然转身，吹得大地
也张不开口。走近病中的
亲人，我看见他们的
眼神，比去年还冷

去年，大地替他们
病了一场。比起所有的疾病
还来得疼痛，是隐藏在粮食身上的
多余的元素，土地说不出来
他们也不知道，只能献出
胃去体验

今年，他们替大地
彻底病了，他们很冷的眼神里
也布满了，大地的凛冬

考古者

打碎土地，像在寻找
祖先不朽的骨头，而让我落泪的
是土地之下，那些越来

越少的旧事物

考古者，我知道你们身上
带着人类，最早的气味和目光
一块石头，让你们摸出地球隐秘的体温
一堆丝绸，让你们带着血泪抽出
那些装饰，帝国的服饰
其实是一只蚕，沿着一片
桑叶的纹理，自己裁剪
自己冰冷的身体

因此，我罕见地听到
那些残缺在大地里，出土后翻转朝代的
文物身上，依旧藏有祖先的初心
掠过时间，一直通畅的隧道
你们在祖先，走过的路上
带着青铜以外的响声，像在为历史
走失的证人，不停地
修改证词

土地之下，那些让我
落泪的旧事物越来越少，独立田野
你们身上，祖先的气味和目光

却越来越多

劳动者的手

触摸庄稼的手，也是触摸
身边的亲人，和泪水的手

而从一只碗边
读到的那双手，很多时候
并不像一位劳动者的手，他的苍老
倒让我想起，一只蝴蝶
停在碗边的样子

劳动者的手，只有触摸
身边的亲人，和他们心里的泪水
才会出现短暂，和轻微的颤抖
而能握在一只碗边，手的样子
永远是喜庆的

喜庆土地，也喜庆自己
让一只碗里，有了粮食

我们说过的话

隔年的夜，还挂在
高过人间的天空。我们说过的话
不是很多，经过星斗
一年的陨落，已经稀少

而留下来的，很像几颗
陪伴着天空移动的残星，我们说过的话
让神明感动。只是我们空旷的头顶
没有浮云，我们寂静的身边
也没有听者。我们更多的话
只能说给长夜，或风去听

我们说过的话，虽然不多
但足以让风，从中听见人间的悲喜
那些从土地上，粘连着婚丧嫁娶的话
说出来，都是困扰国家的事件
那些从中，体会出伤心的人
早已被说出口，而破碎了的
词语掩埋

如果能捡起来

我们说过的话，在这个前后
看起来很沧桑的，世界里
不会显得多余

盐粒般的眼泪

没有比盐粒，更能准确地
用来比喻，我们流过的眼泪

那个时候，一把盐粒
就代表着生活里，我们还拥有一份坚硬
饥饿之中，盐让日子更加饥饿
盐也让我们，荒芜了的
胃里，有了一点
人间的味道

日子的浑浊，却让眼泪
更加透明。烙满大地的灾难
让天空在头顶上，空怀我们身体里的云朵
那个时候，一把盐粒
沿着我们贫血的，血管
死亡成眼泪

我们的身体里，如果有黑暗
会被盐粒般的，眼泪带走

花朵与蝴蝶

蝴蝶飞来，我们看见快乐
所有花朵，却看见了疼痛

我们的目光，需要深入
才能看清蝴蝶，采蜜的过程
那也是一场野蛮的，吸血者进行的战争
只是美丽，掩盖了美丽
而劫后的花朵，用更盛大的开放
对于不被看见的，疼痛
起身反抗

因此，花朵有花朵的
疼痛和记忆，有如一头雄狮吞噬着幼鹿
花朵滴尽经血，也要告诉世界
流在蜜里的和平，不是采撷
而是抢劫。蝴蝶不带炸弹
却在花丛中，打着一场

无声的战争

春暖花开，我们遇见蝴蝶
所有花朵，却遇见了敌人

雪的反光

雪的反光，把我更寒冷地
雕刻在原野上。一株挺拔的麦子
躲过去年的，一次死亡
等待在原地，陪伴我

落在身上，雪从灵魂里
打扫我的世界，也打扫在原野上
走了一冬的人。他们很冷的
骨头，只有雪能焐热

那些把雪，当作最后的
亲人的人，以为天地之间
仅存生死，以为骊歌已经响起
也只剩下，这一场雪了

这个时候，雪的反光
逼我在大雪的原野上，停在一株
依然挺拔的麦子身旁，细听雪下
万物，腐朽后的声音

大雪

扑着冬天的衣襟，大雪
一群落难之鸟，在我们身边的
原野上，带着伤逝
成群落下

天空中，云集着很多
我们需要，阅读的往事
只有这场，不幸来到人间的
大雪，能够叙述

我们失去的，一些亲人
也成了大雪，流浪在天空中的
一些亲人。也只有寒冷
才能带来，雪的翅膀

因此，在大地上看雪

成了人世间，一些庄严的日子

白茫茫地，扑在衣襟上

雪花，也不忍死去

我们面对的空气

今夜的星星这么多

头顶上，今夜的星星这么多
村庄，陷入和我一样的难过

被很多的，星星照见
那口比我还老的钟，长进村庄的身上
是一块被读书声，从贫困的边角
敲打出来的生铁。头顶的神灵
也被消失在，乡音里的
钟声，惊动起来

那些从衣着上，忘记
寒暑的朗读者，跟着每个铁打的汉字
睁开的眼睛，像一条从身体里
掀开每一天的，地平线
被撤校之风吹走，遗失在书桌上
他们的影子，冷落成灰色

今夜的星星这么多，因为孩子
和消失的小学，它们必须出来

我们面对的空气

跟着一匹马，出门上山
迎面扑来，闻见我们的空气

这样的日子，一直持续到
村里的上辈人，被满山的空气带走
活着时，他们拥有
比我们充足，也比我们干净的
空气。他们下世时的样子
没有因为，严重缺氧
面部扭曲

我们面对的，空气
已不如从前，不仅稀薄
有许多难闻的气味，熏得身边的马
不敢低头吃草。那些站在
不同的坡度上，挥着手势的
树木，也带着空气

带着云彩，走了

在稀薄的空气里，我们的喊声
呼吸困难的马，听不见

生活到时间结束

生活到时间结束，这在乡村
很少有人，从他人身上发现

他们活着，只接近
身边的泥土，和烟草带来一地的潮气
也只守在，苦焦的乡村里
很多疼痛，淤积在庄稼身上
却要从他们，粗大的
骨头上散去

他们活着，就是在很长的
时间里，用身体记录一颗种子
从土地，到胃里的生长

他们活着，活在

一些吸食过，地气的草木里
有时间让自己，也长成山野里的中药
一只飞近，地面的鹰
早在天空，就闻见他们身上
散发出的药力

生活到时间结束，也是他们
开始坦然拒绝，粮食的时候

风在我身上盛开

风在我身上盛开，风带着
风的忧愁，风的受活
在我身上盛开

在我身上，盛开的风
已经在牛羊的身上，带着一座村庄里
剩余的情绪，抢先一步盛开
那些沿途，能移动云朵的
树木，都被风借宿过
从一堆事物里，低沉地走过
我的麻木，让赶来的风

不费吹灰之力

去风里转转，这个时候
我很想一个人，到旧山水里
看这场铺天盖地的风，带来和带去的
都是些什么。踩着地上的落叶
我看见一些人，一身锦衣
却不知道还乡。很多被风
吹回原乡的人，守在风的
一片净土里

风在我身上，带着一些人
远在天边的，不安
闯进了村庄

她心里的灰暗

她心里的灰暗，不只是
她身上的残疾，因此
我们看不到

多年以后，残疾

带给一个女人，心里的灰暗
能否被自己抹去？像从依然残疾的
身体上，抹去一朵开得残疾的花
其实是一件，很难的事
隐在骨肉深处，那些疼痛
应该还在

应该有人，出来宽慰
女人一旦被残疾，折磨到一定年龄
就是一种衬托。只是被打开
身体的敏感，让她看见屈辱中
得到的生活，都像残疾
包括碎了，一地的爱情

带着身上的残疾，她在
我们的身边呼吸，她心里的
灰暗，无人看见

穷苦的时候

穷苦的时候，我可以带上
很多山水，一个人去流浪

穷苦的时候，我走过的

世界里，一双土布衲成的鞋
替我在脚下，采集着侵蚀日子的气息
那些让大地，浮上天空的
虚土，把很多年
积攒下来的沉重，锈蚀成一块
生冷的铁，穿过衣裳
支撑我的身体

穷苦的时候，我能想到
那些住得安静的人，从自己的身体里
透支了什么。活在他们的反面
我的身上，没有可以
抵押的东西。我生来不是
骑马走天下的人，插脚寂静的
山水，我被沿途的
人烟收留

穷苦的时候，我看见的
世界，没有闲下的地方

一辈子的去向

只容我们放下身体，在里面

生活的村庄，在一片坡地上
被谁，拦腰放下

放在山水，旧去的一角
像放在我们，天生就很低矮的身体上
生活的重量，不是头顶的一朵云
能够驮得起来。很多时候
捏在手里的种子，也不是想种
就能种下去

就像我们，背不动身后的山
只能守在，它投下的阴影里

一辈子的去向，就这么
被村庄拦截在，一片风很大
虚土很厚的地方，就只能寸步不离地
跟上一群，皮毛贴紧
骨头的牲口，像在残疾的
身体上，放下土地

我们最终，会把自己
完整地移出村庄，放在后人
看得见的地方

跑到泥土中

你是种地人，你被一身
力气带着，跑到泥土中

活在世上，没有一天
可以让你分心，不想种地吃粮的事情
就是被过路的神鬼，打倒在
一块白露后的，土地里
也要刨出几粒，出手的种子
秋风吹拂，看它是否带着
你的伤势，发芽

其实，你早已看穿
种地人靠着，身体的土地
才能面相瓷实地，站到被细碎的时间
仓促凿空的世上。活着
就要带上那些，铁打的农具
在收获庄稼之前，先为
一粒种子，起义

你是种地人，你必须跑
直至跑到，泥土的下面

蛀木虫没有动静了

没有了歌声，蛀木虫
来到夜晚，来到你头顶上的
木头里，啃啮黑暗

头顶上的木头，隔开
星罗棋布的夜空，每一根
都被时间写满，一部藏在黑夜深处的
蛀木虫的日志。陈年的屋子里
一只虫子，闻见时间的
沉香，囤积在粗大的木头里
才让牙齿，留下身体
一样大小的洞

这是你藏身的，屋子
蛀木虫贪婪啃啮，每一根木头的时候
你身体的，每一个带有
原罪的部位，都像接受一只虫子
漫长的审判。这些比针尖
还要细微的疼痛，在你身上
刻下只有，甲骨文里
才能见到的字

多年以后，蛀木虫
没有动静了，这时候夜很深
你也听不见，自己的动静

致父母

你们活在人世时，哪怕很屈辱
我和死亡，都还隔着一层遮挡

我的心里，时刻亮着
你们经常从村上，一座破败的庙里
带回香火，燃烧后残留在
衣裳里的气息。我能闻见的乡村
在你们身上，这些仪式
并不罕见

就像你们，身体的土地
没有一亩，不带着种子的真心
为我生长，抵挡饥饿的粮食

我的身上，也反复地
生出你们，得过的疾病

这是被多年的仁慈，供奉着的神灵
要我拿出，一直被你们抚摸的
身体的部位，体验疾病
怎么带走一个人

你们离开人世后，我透过泪水
看见的我，像直接坐在死亡上

来自身体里的愤怒

在地头午休的人

这一刻，你们肌肉松弛
这一刻，你们投胎大地

这一刻，你们睡在地头
你们让天空，在云朵里放松自己
也让大地，在被齐茬割倒的麦子身上
短暂降下，焦灼正午的体温
这时的风，因接近
你们在睡眠中，被彻底放下的
身体，才吹来草叶上
仅有的凉爽

这一刻，你们睡在地头
就像平原上，那座一直站得很累的山
应该允许，它在某个时辰里躺下
睡眠会先从，你们很难看的
脸色上，卸去愤怒之妆

那些扬言，要在族里复仇的人
也在地头，被镇静的
睡眠按住

这一刻，你们神态安详
这一刻，你们接近死亡

来自身体里的愤怒

很像控制着，身体里的愤怒
虫子的声音，就躺在泥土里

躺在泥土里，很多虫子
仓皇的声音，被弥漫一地的潮气打湿
又被火一样，在头顶散开的阳光
突然烤热。大地寂寞
种地人的四周，没有牲口悲鸣
都是虫子，被铁器触碰到
身上某一个关节时
发出的叫声

这些很少，被看见的虫子

带着身体里的疼痛，总是在叫

种地人，你们被铁器击打出的伤口里

也有这样的声音，也看不见

只有虫子，能判断出哪些是

铁犁的伤痕，哪些是

锄头的伤痕。躺在泥土里

虫子用声音，抵挡着

大地上的疼痛

有那么多虫子，我们看不见

它们的叫声，我们无法拒绝

你的一生苍白

带着自己的，尸体回家

城市冷漠的角落里，再也找不到

脸色苍白的你

打工的人群中，很少有人

因你的离去，抱住这座城市痛哭一场

在他们心里，你还是一个不懂得

爱恨的人，身上也没有

沾染过女人的气味。整日吸下
石材的粉尘，你年轻的肺里
带着空洞，结核石头
成为致命之物

看见你带着，自己的尸体
那座舍身，给了平原高度的山
也仓皇地低下头，也落下了一场大雨
你的一生苍白，但没有
那些黑暗的东西，需要雨水洗刷
你的父母，还在你丢弃的
土地上劳动。他们活着
就是为了等你

没有死亡，就没有回家
你用这样的方式，把他们残酷地
丢在等你的，半路上

比她的身体沉重

雨水落下来的沉重，庄稼站在
雨地里的沉重，都压在她身上

还有男人，被煤灰

堵塞身上的器官，然后骨头坏死的沉重
压在她风一吹，就会倒地的身上
站在平原的尽头，看见她的山
也忍不住打战。我是她的远房亲戚
从一根野菜的枯黄里
我看见生活，用冷漠的
颜色，涂抹她

有很多时光，被她封闭
也有很多幸福，被她疼痛地
打入身体的冷宫。一个人背着死亡行走
抓在手里，一把冷到心寒的风雨
接续泪水，加重衣裳
埋没她身体的一些重量。我的手
穿过更冷的天气，抚摸她
说出来的事物

她说出来的事物，大山一样
堆在身后，比她的身体沉重

灰色的水

水是时间，流过的形式

也是时间，存下的颜色

我在过去的，时间里
踩着一路黄泥，走出约束乡村的地界
现在的时间，沿着一条铁路
用笔直的轨道，击打我的乡愁
一切都显得，那么亲近
又那么遥远。走来走去的
时间，落在我身上
是水的颜色

我的头发，也被时间
带着内心的不安，染成灰色
而被时间约束在，一条地界里的乡村
那些麻雀身上的灰，那些庄稼秆
烧出来的灰，还有煤尘
落下来的灰，都让一条小河
在时间里吞咽

灰色的水，在我走回乡村后
挂在脸上，就是这样的颜色

缓慢地枯朽

不问天空，也不问大地
这些活过了，乡村时间的树
知道如何枯朽

那些带着，一身病痛
也活过了，乡村时间的人
响在他们身上，每一块骨头里的声音
都是乡村，还能获得的一些隐喻
他们的经验里，种地人最好
收割庄稼的，日子最好
爬上住着，神的山里
为乡村烧香

这个时候，他们会拒绝
所有的世界，封闭自己在一块小地方
看见云朵的影子，移过村北的
坟地，在乡村里大兴土木
不再是一件紧迫的事
挨着邻里，在身边的老房子里
跟着乡村时间，盯紧一棵树
缓慢地枯朽

天地之间，这些活过
乡村时间的人，进出他们
身边的老房子，摇摇晃晃

追问

野菜好吃吗？我被它们
牺牲过自己，代替粮食喂养出的
那段岁月，这样追问

一根野菜，在我脱离乡村
已经很久的味觉里，它能否还原出来
那些年里，时刻弥漫在我们身上
日子的苦涩，并不重要
从它连根，被折断的茎叶上
我依然看到女人，脸上的菜色
很难抵挡，一把藏在
野菜里的年馑

那时，我们在野菜里
渺茫地逃命。这些喂养着牲口
粗大的胃，而被锄头直接从庄稼身边

清理掉的野菜，突然成了
灾年里的粮食。在一些人家
至今会用，一把带露的
野菜，祭祀祖先

当我看见，这么多的野菜
都成了时令菜，被城里人细腻地咽下
我被野菜吃伤的胃里，五味杂陈

被遗弃的地方

被遗弃的地方，有繁华
有腐朽我们，也涅槃我们的时间
埋不掉的，繁华

半坡，是被渭河遗弃的
神木石峁，是被秃尾河遗弃的
秦兵马俑坑，也是被一把大火遗弃的
还有更多，被灾害和战争
遗弃的地方，而被洛阳铲
突然发掘出来，这些大地上的
繁华，没有在一寸

大地上丢失

今天，有多少地方
被我们集体，遗弃在国家走过的路上
那是一些，被读书声朗读出了
年代的村庄。黄土的断层里
会封闭起，人们走后
留下的烟火。我的伤感
是后来的人，在灰烬里
能找到什么

被古人遗弃的，地方
有我们需要的繁华，而被我们
遗弃的地方，只有贫穷

可以吹起的铁锈

农具挂在墙上，农具的眼睛
让挂着它的屋子，更加黑暗

应该有好些年代了
挂在墙上，也是一种告别

黑暗的屋子里，看不见土地长出的庄稼
身上的铁，突然失去
种地时的锋利。可以吹起的铁锈
也是一件衣裳，正被时间
赶着一场，连阴雨
潮湿地脱去

农具挂在墙上，铁锈
挂在骨架散落的农具上。这些被种地人
离去的时候，随手放置的东西
在心情失落的，画家眼里
很像一幅现代画。收藏它的屋子
尽管黑暗，还能让你
想象一头牛，或一匹马
拉犁时的样子

农具挂在墙上，农具身边的
牲口和农夫，消失在农具里

我听见的哭声

不只是揪心，也不只是悲伤

堆积在他们身体里，大地的无奈
被我听见

我听见的哭声，在乡村里
带着一块粗瓷片，磕破在手指上的疼痛
被日常的烟火，黑白地呛出来
膝下荒凉的人，身患
绝症的人，在一个人的尸骨下葬之前
你们的哭声，罕见地苍凉
让撒在路上的，小纸人
落下一地迷茫

我听见的哭声，更像一地
碎了心肝的银子，不被枯叶卷走
也不被残雪覆盖。暴露在复杂的生活里
他们简单的心里，此时
只有剩下哭声，可以不顾一切地
挥洒出来，可以遮挡自己
在一场大难中，减少
后续的屈辱

不是暴戾，也不是仇恨
被我听见的哭声，总是低着头
像一种软弱的抵挡

这些膝下，荒凉的人

父亲是个好人

我总以为，从父亲那里
我继承下，某种羞耻感

满脸胡须，在我懂得
重视他的时候，他比所有伙伴的父亲
都显得苍老。不会善变的眼神
比村后的那座山，还要高冷
在他被押着，头戴
纸糊的帽子，批斗的时候
我的成长，是一种带着
羞耻感的成长

宗族之争，他是一位
无辜的牺牲者。平反那天
现场焚烧的黑材料，是人为地捆绑在
他身上的罪名，化成了灰烬
可种子一样，种在我心里的

羞耻感，没人能阻止它继续发芽
直到时间，让我长到
能认识他的时候

时间让继承，彻底反转过来
时间告诉我，父亲是个好人

信仰的食物

那些能成为，一种信仰的食物
曾经引诱着，我们饥饿的眼睛

直到长大，直到在心里
发下对几种食物，不轻易糟蹋的誓言
才敢走近，我们小时候看见的
那些祭品，那些摆在
一场葬礼上，与死者一起
接受过一村人，在哭丧中
跪拜的食物

而死者，离我们再近
也都成了，活在地下的鬼魂

我们还在地上，能拿出来祭献他们的
那些东西，在当时都很短缺
我们的一生中，就是遭遇
再大的年馑，也要为祖先
留下一些，带有
信仰的食物

这些食物，一旦在祖先的
忌日供养，就会被敬畏着

有关家族

只有年节，才能看出
一个家族，暗藏在村子里的
那些声势

也只有在一些，天塌下来的
事件中，才能羞耻
或荣耀地看见，一个家族隐藏在内部
很少示人的秘传。它不写在纸上
也不挂在嘴上，山河袈裟
它会挑选，个别族人

一生紧锁的眉骨，刻出
几刀风雨

从一位，族人的丧事里
伤筋动骨地走出来，群体的颜面还在
只是看见，那些记了很久的世仇
眼睛里的火，会收敛一些
感谢死亡，能让不同
家族里的人，走到同一个地方
活着的，挤在墙角晒太阳
也找同族

残缺多年的，族谱
被时间修出，一个苍凉的家族
冷静传下来的，人间温度

这些膝下，荒凉的人

这些膝下，荒凉的人
像被天地，判了死刑的人

她们简单的一生

就是在太阳底下，没有私密性地种地
一件穿破，季节的衣裳
告诉风雨，她们僵硬的身体里
很少人间的冷暖。她们不诅咒天地
只诅咒自己：膝下守不住
一男半女，这在上辈
作了多大的孽

其实，她们让神鬼
也心生愧疚，也会在某个
不安的时分，守护在她们孤独的身边
看她们用哭声，劳动
麻醉般地遮掩自己。白天黑夜
谁走了谁来了，那是太阳
月亮的事情，不关她们
明天醒不醒来

这些膝下，荒凉的人
像被天地，放生了的人

一个人消失之后

我已意识到，这个世上

终将因一个人的消失，变得十分宽大
也变得，十分陌生

那个人，就是抱着
天生的病体，整天在身边
挪动碎步的时候，我也能觉出她的完整
她的弱小得，不能再
弱小的身子，像是专门为我
抵挡世上的疾病，设下一道防火墙
成熟的麦子，会看见土地
为它消灭过的，害虫

她在的时候，寂寞
从不带来云朵，笼罩我心里的晴朗
也不把我推入，神灵也很难接近的地方
直到她，拒绝我的祈祷
独自消失于，乡村的所有事物里
我被宽大和陌生，包围的心里
需要为她，升起多少
庄严，才能填满

一个人消失之后，我才意识到
被遗弃在这个世上，她空出的地方

谁也无法占领

剥夺

我多次从笔尖，撤下这个词
不想用剥夺，再去剥夺他们

他们的一生里，有多少东西
被埋伏在身边的人，不心慈也不手软
从一块土地上，开始剥夺
寄托在粮食里的，那一点精神
他们身上，病情轻重
都被手术和药物，残忍地遮掩着
能剩下的，是剥夺者
剥夺后的贫贱

他们可以忍受下，很多剥夺
守在眼前，这个可以抬头的夜里
天上的星光亮堂，而躺在身边的孩子
如果能为，一村的读书声醒来
活在这个世上，他们不怕
像牲畜一样，任人摆布

而撤并后的村小，荒芜成了
羊圈，他们忍受不下

我无法从笔尖，撤下这个词
因为剥夺，还在断续发生着

鸟儿都不愿飞了

从鸟儿的倦意中，观察他们
生活中的每一个细节，是很好的
乡村视角

长时间地，停在枝头上
鸟儿的倦意，也感染了冬眠中的乡村
一场寂静地，悬在头顶的大雪
解开阴暗的天空，也解开他们手中
握了一年的繁忙。地面上
那层带着，寒气的冰
被闲散的脚印，踩出一些
细微的裂纹

也只有这些年，乡村

像停在枝头的，一群鸟儿
可以带着一身的倦意，开始歇息下来
不再顶着雪，去削平冻成铁块的
那些山头，也不再挖开
虫子在里面，冬眠的土地
一场大雪，发给山河
一张免战牌

鸟儿都不愿飞了，乡村
站在一片山河面前，手中茫然地
放下铁打的农具

跪下

不是他们的骨头，硬得
不能跪下，也不是他们的骨头
软得，只能跪下

跪下，这在世上
在一个家族，看重的尊严中
代表一种，谁也不能随便破坏的仪式
他们的膝盖，在触及

土地的那一刻，庄稼的温暖
祖先的温暖，像通过神灵
在体内上升。头顶着天空
他们，一脸寂静

而当跪下，有时成为
一种可以用吆喝，来糟蹋别人的时候
他们脸上的表情，不忍卒读
头顶的云朵，也带着仓皇飞远
那些旧年里，一些人身上的
孤傲，为了躲过
生活的，一次折磨
会在膝下消失

很多年以后，他们不敢
跪拜祖先，因为他们的膝盖
也有，下贱的时候

淘汰回动物了

他们很像一些静物，坐在村庄
这个残破的器皿里，消磨时光

这个时候，从哪个角度观察
他们与生活的距离，都像隔着好些朝代
看见镰刀，眼里不再
闪出麦子的光芒。很多铁打的
农具身上，记着好坏不一的
年月，在泥塑的村庄里
他们埋头，活成了
一具泥塑的人

这个时候，不要过多地
打听他们的过去，时间带着风
在一座村庄身上，把什么都能吹成虚土
包括他们，很硬的骨头
需要一根枣木棍子，才能撑在
见惯死亡的天空下。坐在泥塑的
村庄里，他们被时间
淘汰回动物了

在村庄残破的器皿里，他们坐着
像一些只知道，吃喝拉撒的动物

开出祭祀，自己的花朵

上邽之马

草地还在，吃草的马
大多不在了，跟着一群去干大事的
秦人，很早下了
陇东高原

留下来的，被放牧成
青山一样的马，绿水一样的马
那些神游的云朵，也被从青花瓷一样的
天上，放牧到遗失在上邽的蹄声里
让后来者看到，走不了的
陇东高原，人神共舞
成了我们，在秦岭的血脉里
朝觐的老家

那些走下，陇东高原
手里牵着马的人，也被黄土塑成了泥身
站在世界的惊奇里，还原牧马人

骨子里的血液，不会被时间
降下温度。那些留在
老家的人，还在寂静的草地上
种植秦，这种上等的牧草
等着那群，很有可能
回到上邽的马

我来的时候，被一匹
钢铁的马驮着，我很想它就是
那些下了高原的，上邽之马
千年后的化身

开出祭祀，自己的花朵

一片金箔，像一辆马车
在残剩下来的身体上，开出祭祀
自己的花朵

这不是穿越在
关陇大道上，包着一身生铁的
秦人的马车。农耕生活
让他们很迷恋一块，可以打制农具的铁

也想挣扎着，把多余在自己

身体里，那些带有韧性

也带有土腥的铁

冶炼出来

这是掠夺过，秦人的牛羊

粮食和女人，一身狼性的西戎

死后陪葬的马车。那些锤打金饰的声音

像在高原上，锤打落日

草地让他们，一生放开性子

也让他们，用镂空的

卷草纹，留下

风里的花草

牵着马，从陇东高原上

下来的秦人，在统一后的国土上

打了一辆：铜车马

我看到的清水

有大雪沉淀的水，才叫清水

有血液沉淀的水，才叫清水

我知道，冬天来了

关山，把一场落得

秦岭站在血脉里，也会一身寂静的大雪

向西，给这个陇东高原上

一身温秀的县城，多飘洒一些

让它用寒冷，抚摩去大地的火焰

留在手上，是一掬晶亮

提神的清水

我也知道，这里的水

不管从天地的，哪个方向流来

都在很久的年月里，痛饮过陇西之战的

那坛祭血。那是游牧者

农耕者，战死后混在一起的

祭血，被它反复洗涤后

陇东高原，清风吹拂

清水宜人

我看到的清水，让陇东清亮

我看到的清水，让高原清爽

秦亭

秦人牧马的，陇山谷地
为何奔出一条，牛头河

最早的封地，没有留下
一角残缺的庙宇。是牵马的秦人
走下陇东高原时，不想看见
身后的乡愁，还是借着
蹄声，掩埋了自己

没有了秦亭，我在哪里
插一炷朝觐，你的香火

秦子铺，这里的村名
叫得人心疼，让我坐在他们
新盖的楼上，看见佛家的麦积山
为了守护秦亭，也把自己
原样缩小在，遗址身边

我在草地上，看见了牛
我像看见了，马的替身

神禾：秦

秦，一种喂马的植物
秦，一个族群的官名

陇东高原上，谁能替我
一眼指认出它？为一种喂出天子之马的
神禾而来，我也想幻化成一匹
远古时的马，被喂马的秦人
赶进山水，丰美的深谷里
埋头，只吃一种
神禾：秦

我的嘴角，我的牙齿
还有我的肠胃，应该在神禾
隐秘而细嫩的歌声中，被一种天然色香
无限滋养。如果真能穿越
我想回到，那片最初的草地上
看牧马人和马，被秦
惊倒的表情

对着每一种草，我喊秦
对着每一个人，我喊秦

养马的秦人

养马的秦人，祭祀天地
会杀死一匹，活着的马

在他们的，生命崇拜里
高天在上，高天上的每一只飞鸟是神
大地在下，大地上的每一头走兽是神
敬仰和跪拜，在他们身体里
一再传唤，每一块肌肉
每一根骨节。谁也挡不住
他们用一匹马，祭祀
一棵草木

不是他们，不心疼这些
养在草地上的神驹。天地之间
那些草木，那些鸟兽
它们静止或者奔跑，哪个不代表一种
自然之神。它们的灵魂
才值得一匹马，以死陪伴
陇东高原，我能走近的地方
都有远古，牺牲的马

养马的秦人，杀死一匹马
其实是以自己，祭祀万物

使马闪闪发光的树

古希腊的，颂诗里
所有生命，都被神曲歌唱过
比如沙棘

因为斯巴达人，没有在战场上
杀掉受伤的战马，把它们集体赶进
长满沙棘的，一片树林

他们歌唱，这些活下来的战马
不忘用哲学和诗，也歌唱沙棘：
使马闪闪发光的树

他们不知道，远在东方
一群人用遍地沙棘，喂养马的时候
此为何物，他们不识

这些野生的，植物

就像这里的人，不怕干旱和贫瘠
也不怕，大自然的热冷

它们不仅使马，闪闪发光
在今天的清水，它们满山架岭
也使人，闪闪发光

清水麻

这些在《诗经》里，摇曳
久远的植物，依然在清水

在清水的，牛头河边
没有一块田边，不站立着麻
没有一棵站立着的麻，身上不落满麻雀
它们相依为命，它们歌唱对方
它们把《诗经》里
吹得高古的风，从每个修饰
边幅的文字里，啄出来
贴身，留在清水

我来的时候，清水麻

正贴着清水的身体，疯狂地
生长它怀里的韧性。我想接下来
一个人看见，手艺的光芒如何从中绽放
或许，有一双粗大的手
会递上精致的，清水麻鞋
让我把一段，很像雕刻出来的
时光，穿在脚上

清水麻，我把读你的目光
从《诗经》里，移动出来

乡下的鸟声

这么熟悉的，鸟声
该不是我，从关中的某个地方
顺路带来的

我在关中，听着它们
把世事的烦躁，直接从心头叫走
应该是很多年前了。那时我还在乡下
在一群鸟儿，可以懂得同情
我的乡下。而在城里

我像丢了，身上的魂一样
丢了鸟声

我在清水，居然听见
那些年我在乡下，全部听得到的鸟声
我想走下，陇东高原的秦人
带不走山水，可以带走
山水里的鸟声。从险绝的
关山上飞下来，一路
有渭水跟着

它们急切地，叫醒我
该不是认出了，我曾经的
乡下身份

秦风，吹过清水

吹过清水，是《诗经》里的秦风
摇曳清水，是《诗经》里的芦苇

我想在清水，看看这种
多年生长在水边的植物，它有多么普通

又有多么高贵。它在无风的时候

也能摇曳出，一身的风声

它让我们，在白霜

一样的露水里，想起

岸边的女子

此时的清水，我能看到

你纤细的身子，还芦苇一样地

在大地的明亮处，摇曳着山水里的青色

对于洁净的你，我无他求

只要等到秋天，你能用一头欲仙的

白絮，带我自由地

在这里飞落

吹过清水，是《诗经》里的秦风

留在清水，是《诗经》里的女子

虫子的哀鸣

风吹着我们

风从山顶下来，风把庄稼
从我们身上，硬生生地吹出来
交给待嫁的，大地

风吹着我们，一年
又一年，风把我们身上
曾经亮过天空的衣裳，吹成大地的颜色
那片长势不一样的庄稼，看多了一些人
躺在自己的服饰里，怎么老去
我们的头发，还有
我们咬过，命运之铁的
牙齿，也会被风
吹掉很多

风从我们身上，吹出
很多看不见的东西，把它当作一种礼物
或者生活中的一部分，献给大地

那个时候，疼痛和满足
是风吹过之后，留下的
全部感觉。我们看着遍地庄稼
在风中成熟，在风中死亡
在风中，大地带上
群山移动

风也在我们，走过的
大地上，把人间的不平抹去
忍不住，又吹出来

草也是有草权的

草甘膦，不是草甘霖
一个甘字，是一种死亡的诱惑
也是对词语的，一种背叛

一个甘字，诱惑
那些抵挡过，千年野火的草
在万物生长的春天，不得不交出身体里
延续神圣家族的，基因里的密码
草的生态，遭遇瓦解

也遭遇断代，一年一次
死亡在大片麦子，很需要一些
草色，陪伴的身边

草的柔软，让草的身段
唤醒对春天的记忆，那是男女的手指
带着人间的怜惜，把它们从拥挤的
泥土里分离出来。它们不是麦子
在人和家畜的胃里，也和麦子
一起蠕动过。草甘膦
不该用突然的死法，剥夺泥土
给予它们的，那点草权

除草剂看不见，即将死去的
草的样子那样凄迷，像是最后等待
人类的手，能去触摸

面对天空的妄想

我对天空的，妄想
是它的背面，也住着人

天空的背面，像我们的
村子一样，住着一些
上了年纪的人。如果身上还有一些力气
也只能满足他们，从天空的背面
走到我们的村子。这样的
路上，有白云在身边
飞着，有庄稼
在身边成熟

他们回来，他们从天空的
背面，带着我的妄想回来

多年以后，对于他们
我能一个人长叹起来，犹如落了一脸的
麦芒，它从天空的背面
刺疼我们的村子，刺疼活着的人
有很多个，死了人一样的
夜晚，我们坐在一块
伤心的黄土上，想着村子里
走掉的人，都去了哪里

天空的背面，有他们模仿着
我们的村子，安下的家

虫子的哀鸣

我又提高了衣领，不是田野上
吹过来的风，有些让我不适应

我的耳朵，曾被很多
陌生虫子的鸣叫，反复磨出声音的茧花
走在田野上，虫子是风的声音
虫子也是，麦芒的声音
而夜晚，能悄然地来到人间
也是跟着，一群在泥土里
翻身看见，灯火的虫子
从中裁剪出，一身
声音的霓裳

陪伴着人群，出没在
田野之上，虫子的世界里
没有哪一首歌谣，不带着人世间的苦乐
可以饮露而歌，可以止渴而唱
也可以随遇而安。只是死在
滥觞的杀虫剂里，这些
比起人类，还要古老的
虫子，无力愤怒

也要哀鸣

我还是放下了衣领，不是习惯
而是虫子的哀鸣，会越来越少

手里的一把泥土

我看见的，山野里
那座突然，出现在面前的
山，还是那样

那些在山上，采药的人
在山下，怀抱寂寞
早已死去。而留在山上
比采药人，还要寂寞的草药
它们没死，它们让山
至今不老

如此平缓的，山野里
谁为我们，堆下这么一座
大山？多年淤积起来的
苦难，都在这座

我们很不爱的
山上发生

有人跌落，也有
牲口跌落。那些骨殖
在哪里腐朽成，一根药性
很老的药材，没有人知道
能飞走的，只是
一些鸟儿

在山上，能活成神的
祖先，也是我们轻捏在
手里的一把泥土

远处的山脊

看了多年的，远处
是一座，远山之脊

它让很多人，活得
没有多少成分，可以掂量得起
可以在一块土地之上，捍卫仅有的尊严

它带着风，带着闪电
也带着多年的霸气，向在人世间
生活着的人，宣示一场春雨
怎么润物。宣示一场暴雪
如何，戒严大地

我以翻过，山脊之人
不得不屈服，大自然的眼光
告诉那些，至今还在钢蓝冷峻的山脊里
死守着一块土地的人，或者牲畜
你们的不幸，不为人知
你们的幸福，不为自知
从冷暖的泥土里，继续耕种出
神的庄稼，是地球自持的
一份圣业

远处的山脊，告诉我
天空清洁，大地无恙

黑夜只是隐去

黑夜在大地上，带着

很多盲点，悄然降临

能看见的人，知道万物
没有消失，还在原来的空间里
放下一身，白天的光
拈花打坐

就像那些，忧心的事
从来不会在夜里，随风消失
黑夜只是隐去，它们放在
白天的不安

看不见的人，跟着
自己的生物钟，理解时间
像一个人，换了一身
忧郁的暗装

因此，他们也会
自己安静下来，在盲人的
世界里，不分黑白地睡去
时间，自会换装

我看见的黑夜，跪在

很多路口，挡着死神

来到平原的女人

风从她身上，闻到了平原上
从来没有过的，一种气息

她从哪里来？一条有云朵
追逐着的河流，把她引领到一片平原上
她上岸时的样子，惊动了头顶上的
一群飞鸟，也惊动了田野上
依着庄稼，在那里出神的人
回到村里，他们都说
河水发亮的时候，看见了
一位女神

来到平原上的，女人
她没有什么秘密，她就是想着
如何把还很年轻的自己，出卖给一块
也很荒凉的土地。她的身上
有平原上的人，想象不出来
那种只有，植物生长时

才有的冲动。怀抱一只
羔羊，有云朵的天空
都在她的怀里

风从她身上，闻到平原人的
气息时，已是多年之后

去往远方的人

去往远方的人，不知远方
也是一片原野，因此
心里满是苍茫

去往远方的人，被风
罕见地吹动，又被风在原地定住
磨盘重压的天空下，只能跟着
流水的方向，跟着风的
方向，走下去

去往远方的人，会妄想
会水土不服，也会死去

去往远方的人，出门时
就把自己，双手递给
在心里住了很久的神，抬头看见
一阵风，刮着黄土
刮开自己，穿戴
齐整的衣裳

去往远方的人，行至
原野的半途，看见熟悉的事物
还有人，越来越少

风调雨顺

这是神从天上，看着我们
而赐予大地的，一条法则

很多时候，我们守在
大地的一隅，我们耗尽日月
也只有骨头和血液里，那些虚弱的东西
可以拿得出，换来一些风调雨顺
换来让我们，安心过的
一年的日子

为了让风回来，让雨回来
我们还有什么，可以出卖

我们身上，没有多少
可以凌驾于金银之上，流传下去的东西
但我们可以掏空，自己虚弱的身体
把风供上，也把雨供上
大地之上，我们祈愿浑身
被凿成神龛

风调之于大地，群峰生动
雨顺之于大地，万物降临

带着一村人的病情

猎人之死

惊动马坊，寂静的山水
是他的枪声，以及留在他脸上
一匹狼的，牙痕

作为猎人，背在
他身上的命债，就是一座
用很多野兽的骨架，堆积起来的灵山
左眼看见，一只鹿的神情
而右眼里，狼的目光
让他的心神，在走过的荒坡上
分裂成，让狼群消失的
一片嚎叫

没有了猎物，他的命债
就走到了放下猎枪，以命抵还的时候
黄昏在收走，他的过程中
放出那些猎物，已经转世的魂灵

附体在他，病痛的身上
让一匹狼，用叫空苍穹的
凄厉之声，告诉他
死神来临

为了谢罪，猎人叫着
很多猎物，垂死时的声音
在村子里死去

身后落下尘土的人

正午的乡村，很像一部
魔幻现实主义作品，被头顶的阳光
纹丝不动地，读着

那些在烤得，发慌的地里
站着打盹的庄稼，看见许多死去的人
从自己身边，一身汗水地走过
汁液里，刚停下来的
声音，又被一些虫子的翅膀
接连碰响。一只从原上
闪过的鹿，被很多人传为

一个人的神话

吹过正午，很少有人
走过来的村庄，孤独的风
不能让一身尘土的院落，动一下表情
一头老得，嚼不下一口水草的牛
看见自己，像在天空
替神拉着，一架散了骨头的犁
很想站起来，一头撞死在
拴过马的，石桩上

正午的乡村，剩余着阳光
也剩余着一些，脚踩魔幻的土地
身后落下，尘土的人

天上也生尘土了

尘土是地生的
走在一身尘土里，地上的人
对着远处，喊着尘土

能够一眼，看到的山顶

就是他们喊的远处，曾经住着一些
一尘不染的神

他们的喊声，落在尘土后面
也落在一阵妖风，突然从村庄里
吹倒几棵，大树的后面

每天出门，都要看上
一阵的天空，却从头顶收走云朵
归还给他们，一脸尘土

他们放牧在，山顶的羊
从住着神的远处，一路逃跑回来
身上落满，同时逃跑的尘土

其中一只，用接近死亡的
叫声，给他们捎来神的不安：
天上，也生尘土了

带着一村人的病情

你一身泥土，带着

消毒药水的气味，带着病人
久拖不治的气味，走在死一样
寂静的乡村

你身上的气味
最揪心的，是死亡的气味
是死亡在世上，腐化过一个人的气味
你能用在，他们身上的药物
对遗属，是一些安慰

在你面前，能够走得安静的人
死亡就像，在大地上睡去一样

其实，你更多的
是从一些伤风感冒里，维持一个乡村
能否抵抗过贫穷，你也是种地人
更懂得土地，带给他们粮食时
也带给他们，很多疾病

你的身上，带着
一村人的病情，带着死去的
和活着的，他们最原始的
疾病史

雪在云层累积着

雪能落下来，是天空
承受不了，雪的累积

一个冬天，头顶的云层
像在我们身上，撕着一件破旧的棉衣
浑身的沉重，是带着太多的尘土
也带着我们，流得太多的汗
云层的颜色，因此暗淡

云层因此，知道一些疾病
也在我们疲惫的身体里，撕着生命中
一些受伤的细胞。像雪
在云层里累积，我们身上的
疾病，越来越多

雪是突然，压塌天空
落到暗淡的地上，我们身体里的疾病
也是在一天，在我们的身体
承受不了的一天，像一场雪
落下，一身苍白

雪在云层累积着，雪也在
我们的身体外，清理世界

春天的羊

死在春天里，这歌声
如果唱给山坡上，低头吃草的羊
它们的眼角，一定挂满泪水

春天的羊，懂得春天
是一个悲欣交集，还不很安全的季节
冬天的干草，还在胃里消耗着
身上的脂肪，牙齿能触到的
青草，很像抹着冷风
晃动的刀子

春天的羊，吃着青草的春天
春天的羊，胃口还守在冬天

这个时候，很多羊
已被冬天，折磨成一卷羊皮
被春风撕开，瘦弱的骨头里没有羊脂

而很嫩的草，在它们饥饿的
胃里，像一剂吃错的
春天的泻药

春天的羊，青草很软
一些吃着青草的羊，腿脚一软
就倒在山坡上

把自己托付给神

丢在地上，种地人的命
就像一些埋没在，泥土里的虫子
黑暗，没有尽头

一身的契约，守在一座
接近死亡的村庄里，从不给自己放生
眼前的坡地，再怎么衰败
也在心里，没有一处
不住着一些神

没有一处，不住着
看管生死的神，所有与命运

有关的事件里，神把自己隐蔽在其中
就像在村里，重要的场合
神以泥身出现

把自己托付给神
种地人心里，最宽敞的地方
已被占领得，寸土不剩

打火镰的人

打火镰的人，像身怀
巫术的人，消失在不需要
取火的年代

打火镰的人，躺在
暗藏着地火，也暗藏着罪孽的泥土里
活在地上的人，不惜隔空发动
一场抢夺的战争。他们没有
带走的火镰，腐朽在
泥土的伤口里，像一块铁
与一块石头，相撞后
留下的灰烬

打火镰的人，想起
这些原始的，取火方式
应该成为一种，完整遗存下去的记忆
只要能听见：神灵啊
让铁与石，加着火草相撞
就是倒回，天地混沌的时候
也能打出，人间的火

打火镰的人，像身怀
火种的人，被大地当成一种
稀有元素，收藏起来

我的乡村观

乡村里，有很多善良的人
也有一些邪恶的人，在我身后
他们站成，我能一眼
认识的乡村

他们身上，有我模仿着
很想带进城里的东西，也有我憎恶着
却甩不掉的东西。暗藏在他们

沉浮一世的心里，所有事情
都与神有关，都像在
刀子上抹血。抬头能看见云朵
放在地上的，心情
不会灰暗

那些在乡戏里，演得
正大的角色，逃不出他们
看上去关节粗大，却巧夺天工的手指
一把能闻见，麦子香味的泥土
从戏里戏外，捏造出乡村里
一个都不能，缺少的神
慈眉善眼，陪伴身边的
土地和粮食

看见乡村的人，都说
土地在那里，粮食在那里
他们默不作声，用一脸的敬畏
暗示我：神在那里

归向哪里，可以问草

多年以后

多年以后，我也不敢
坐在她住过的窑洞里，细想一个人
在这里住久了，会不会埋下
身上的一些怨恨，影响
走进来的人

她不是女巫，她干枯得
失去人形的身上，也失去对这个
在地上寂静了，多年的村庄
构成的威胁

她一个人，能消耗的
有限的粮食，稀疏地记在
一面黑铁一样的窑壁上，不懂得的人
会当成一些，暗藏着玄机的
数字，读来读去

背弃了天光，她一个人
活过来的世界，像被清水反复洗过
像夜里，仅存的一点神秘
照在凉透的，窑门上

多年以后，她住过的
那孔可以用来，揭开一个女人
孤独到哪一步的窑洞，被雨水淋塌
而围绕她的，一些谣言
像寄存她的，一座坟墓

土布的气息

是土布的气息，摩挲着
我们带到，世上的肌肤

也是土布，带着一个人
身上的全部气息，在很生硬的年代里
保护我们，瘦到骨头的身子
而穿戴在，她的身上
一块土布，包揽了大地的气色
走动的路上，天空发出的

好声音，落在打满

皱褶的身上

而落在，一块土布上

尘土的声音，被她身体里

那些包围着疾病，散发出药味的气息

飘浮起来。大地听见

世上走心的歌声，神不是原唱

神也不是，我们绣在一块土布上

那些可以，预判生死的人

也是土布的气息，将包裹

我们带到，另一世的身体

死亡在乡下

死亡在乡下，是死亡者

丢下多年的旧山水，一个人留给

一村人的，节日

一村人，带着

深度的悲伤，也带着

一些不应该露出的喜色，拥挤在纸钱
雪片一样，飘洒下来的场院里
这个时候，山顶上
也有死亡带来的，不祥之鸟
替报丧的人，一路发出
死亡者的，邀请

田野上，也有悲伤蔓延
一块被死亡者，种出神的粮食的土地
为一具装进，棺材里的尸体
已被挖开。一堆浮土
埋下的世界里，有地上的
疼痛，要在地下腐烂
有一村人，铁一样砸在心里的
爱恨，要烂成泥

死亡在乡下，让一村人
像从身上最硬的地方，不流血地
拔走，一个人

归向哪里，可以问草

山的走势，一定牵动着

地上的方向，遇到一棵有磁力的树
从不确定，自己来历的山路
也会跟着走

我们在山中放马
草坡的阵势，不是白云
都能原封不动地落下，去接近村庄
像有神灵的上空。有时被水草
隐身在山谷里，我们和马
失去方向。要找到回村的路
比找到一片，原始的
草坡还难

我们在山中放马
水草在马嘴里，能闻到的远方更远
至于山路，指向住着人的村庄
还是神的山中，都不是
放马中的大事。这个时候
我们会把一切，完整地放在山中
归向哪里，可以问草
也可以问鸟

那些住在，山中的神

是我们放马时，应付每天的寂寞
听着地上的声音，一心一意
用泥土，捏在心上

一场天火

一场天火，在人定胜天的
年代，也留下疼痛的片段

住在我们，身边的山上
神比树木还多。那些放马的人
在十面埋伏的山坡上，低头见过的神
多过放了，多年的马
寂静的林木里，他们没有
草色之外的，杂念

他们也没有预设：一场吹过
世上的风，会在住着神的山上
突然降下，一场天火

更深的悲伤，不是他们
像神一样放着的马，有一些没有逃出

天火的焚烧。林木的灰烬里
马的尸骨，被冷风
吹出的裂纹，全是天火
带来的人间苦音

一场天火，让烧灼的疼痛
潜入地表，深藏在山体里

星星一出来

一直阴着的，天上
几颗寂寞的星星，带着和我们一样的
悲苦，跳出来

星星一出来，我们住得
平凡的世界，好像从天空里
获得了人间，从来没有安静过的场面
散落在田野上，几座
新起的坟里，暗淡地住着
近年下世的人。我们不情愿低头
看见他们，星星也拒绝
来自地上的，仰望

我们也想在，一些被云朵
住得神秘的天上，能原样地看见他们
也能记住，下世的人
都去了哪里。悲辛地活在地上
离去后，在天上找到
一块不再，沉重的地方
成了我们，终身从事
种地的奢望

天上一直阴着，因为那里住着
从地上走过去的人，看见地下的我们
心里，有些难过

我们的名字

我们能记得的，那些事情
喊叫着，我们的名字发生

我们的名字，一些时候
是喊叫给在庙里，那些久坐成泥胎的
神灵听的。独居在村里的女巫
看着天空，给我们病着的

身体，唱起天书

有一阵子，我们身上的汗
不是女巫驱出来的，她唱着的
每一个汉字，都面目狰狞

我们的名字，很多时候
是喊叫给乡野听的，那些站在
对面的物体，像带着山水放走的魂灵
扑在我们，带着野蛮成长的
身上，是我们的回声

我们能记得的，那些山水
被我们的名字，叫得乱响

不想看见的灰色

一棵很多年，不见的树
身上落满了，我们不想看见的
灰色，站在那里

而头顶的，天空
还是那身蓝，还是那身

浆洗过的衣裳，让我们体面地穿戴着
从地上走过，像从神的身边
走过的后裔。不该看见从前的树
这不是我们，眼睛昏花
看见了，我们
不想看见的灰色

我们打远处，看见的人
也从印象深刻的脸膛上，失去了一块
黄铜的颜色。靠在门前破碎的
拴马桩上，他们被年龄的
缰绳拴死。他们身上
很厚地落下，我们不想看见的
灰色，也是被他们的身体
吸收走的，灰色

我们看见的乡村，被我们
不想看见的灰色，遮挡得发不出
乡村原先的，光芒

云的影子稀薄

云的影子稀薄

云的影子像低飞过来的鸽群
云的影子落在村庄

云的影子，从城墙
破败多年的豁口，带着一股阴郁的风
落在浮土里的村庄。云的影子
带着天上的隐喻，让静物一样的
房子，在寂寞的土地上
暗淡下去。云的影子
也带着，吸收不了的雾霾
还给人间

被云影遮住，村庄
在旧山水里，飘浮不定
也在自己身上，像看见耕种过的土地
带着种子的声音，苍老了下来
天地之间，那些走得
很遥远的故人，也在云影里
回到村庄，能一把推开
还是自家的，头门

云的影子稀薄
云的影子像低头吃草的羊群

云的影子咬疼村庄

给世上留下什么

我一直想，身后的事
对于他们，才是大事

大到比那些，拴在
石槽上的牲口，挂在
房檐下的农具，几百年立在祖坟之上
看着活人的墓碑，还要重大

那些种过的，土地
盖过的房屋，还有从山谷里取出石头
打过的磨盘，都像一堆做给
旧山水，或旧时代的事

至于在地上，丢下
多少流血的脚印，和至死也看不透的
人世的事，在一场大风的吹拂里
比落到地上的，虚土还轻

都不如身后，虎狼一样

留着几个，能吃能喝的孩子

村里遇到天塌下来的事情，能在人前

说上一声，硬话

对于他们，身后的事

不是做鬼，而是做人